劉再復

新世紀散文家 7

精選集

陳義芝◎主編

NEW CENTURY ESSAYISTS

目錄

9 編輯前言・推薦劉再復／陳義芝
15 思想者的靈魂之旅／顏純鈎
——劉再復散文概說
23 劉再復散文觀
25 輯一 讀滄海
27 讀滄海
32 又讀滄海
38 榕樹，生命進行曲
46 慈母頌
54 我對命運這樣說

死之夢　58
朝露吟　62
鄉　戀　64
山　頂　66
蒼　鷹三題　67

71　輯二　第二人生之初

漂泊的故鄉　73
瞬　間　76
草　地　79
第二人生之初　81
難　過　84
母親的駁難　87
「骷髏」的領悟　91
秋天安魂曲　94

屈力馬扎羅山的豹子 101
思想者種族 104
聽濤聲 107
陽光，陽光真好 110
西尋故鄉 113
苦 汁 121
別外婆 124
玩屋喪志 127
學開車 130

133 輯三 尋找舊夢的碎片

悟巴黎 135
純粹的呆坐 142
採蘑菇 145
尋找舊夢的碎片 148

丟失的銅孩子 153
初見温哥華 157
傑弗遜誓辭 164

171 輯四 人論

論傀儡人 173
論肉人 181

191 輯五 獨語天涯

《獨語天涯》自序 193
《山海經》的領悟 210

輯六　父女兩地書　221

兩地書寫的快樂　223
論慧根與善根　230
論靈魂的根柢　234
論快樂的巔峰　240
論生命場　246
論思想的韌性　252
「柔與剛」的選擇　258
香港大都市的隱喻　262
世俗之城與精神之城　266
尋求生存的「第三空間」　270

275 輯七 今昔心境
救援我心魂的幾個文學故事 277
夢裡已知身是客 288
今昔心境 291
高行健的第二次逃亡 294
第二人生三部曲 297
後記 309
劉再復寫作年表 311
劉再復散文重要評論索引 316

編輯前言

陳義芝

熟識中文創作的人，對先秦諸子散文、漢代紀傳體散文，以及李密、陶淵明、江淹、庾信等人的六朝文，韓、柳、歐、蘇代表的唐宋文，必不陌生。清初吳楚材、吳調侯叔侄編注的《古文觀止》，網羅歷代名篇雖有遺漏，但大體輪廓的掌握分明，仍是研讀古代散文最重要的讀本。

今天我們讀古代散文，除《古文觀止》上的文章，論、孟、莊、荀，也不可棄，因為是源遠流長的文化氣質。歸類為小說的《世說新語》，寫人敘事清雅生動，當小品文讀也不錯，可欣賞它精鍊的筆觸、機智的餘情。而繼明代歸有光、張岱之後，猶有黃宗羲、袁枚、姚鼐、蔣士銓、龔自珍……

古人說，「文之思也，其神遠也」，又說，「事出於沉思，義歸乎翰藻」，當文統與道統釐清，藝術的想像力與語言的精緻性即獲得高度發揚；迨至明代獨抒性靈，清代提倡義法，民國梁啓超錘鍊的新文體（雜以俚語、韻語及外國語法），兩千年來中文散文的山形水貌，因而更見壯麗。可惜今人不察中文散文有其獨特鮮明的傳統，往往以西方不重視散文為名，任意貶損散文價值，誤導文學形勢。

究實而言，粗糙簡陋的經驗記述，與不具審美特質的應用文字，當然算不得散文，就像這世界充斥許多聲音，只為溝通、發洩之用，或無意為之，毫無旋律可言，也就算不得是音樂。但我們不能因為聲音之產生容易而漠視聲音之創造，同理，不能因「非散文」之充斥而不承認散文所展現的生命價值、啓蒙作用。〈庖丁解牛〉、〈出師表〉、〈桃花源記〉、〈滕王閣序〉之所以千古傳誦，正在於作家內在精神之凝注與文學意趣之揮灑，代代有感應。

清末劉熙載〈文概〉講述作文七戒：「旨戒雜，氣戒破，局戒亂，語戒習，字戒僻，詳略戒失宜，是非戒失實。」分別關切文章的主題、文氣、布局、語字、結構、義理，我們拿這個標準來檢視現代散文，也很恰適。試以現代（白話）散文前期名家的看法為例。

周作人主張散文要有「記述的」、「藝術性的」特質，「須用自己的文句與思想」，「真實簡明便好」。

冰心主張散文創作「是由於不可遏抑的靈感」，並且是以作者自己的靈肉「來探索人生」。

朱自清說：「中國文學大抵以散文學為正宗，散文的發達，正是順勢。」他認為散文「意在表現自己」，當然也可以「批評著、解釋著人生的各面。」

魯迅主張小品文不該只是「小擺設」，「生存的小品文，必須是匕首，是投槍，能和讀者一同殺出一條生存的血路的東西；但自然，它也能給人愉快和休息。」

林語堂說小品文，「可以發揮議論，可以暢泄衷情，可以摹繪人情，可以形容世故，可以札記瑣屑，可以談天說地，」又說散文之技巧在「善冶情感與議論於一爐」。

梁實秋特重散文的文調，「文調的美純粹是作者的性格的流露」，「散文的美，不在乎你能寫出多少旁徵博引的故事穿插，亦不在多少典麗的辭句，而在能把心中的情思乾乾淨淨直接了當地表現出來。」

以上這些話皆出現在一九二〇年代，可見白話散文的基礎一開始就相當扎實。

梁實秋以降，台灣文壇的散文名家，從琦君到張曉風，從林文月到周芬伶，從王鼎鈞到簡媜，從董橋到蔣勳，並時聚焦的大家如吳魯芹、余光中、楊牧、許達然，幾乎沒有一個不是集合了才氣、人生閱歷、豐富學養與深刻智慧於一身。他們的散文大筆馳騁自如，頗能融會小說情節、戲劇張力、報導文學的現實感、詩語言的象徵性。散文的屬性被發揮得淋漓盡致，散文的世界乃益加遼闊；散文的樣式不再只循舊式美文、雜文、小品文或隨筆的路徑，科學散文、運動散文、自然散文、文化散文或旅行文學、飲食文學，為人間開發了無數新情境，闡明了無數新事理。

隨著資訊世紀的來臨，文類勢力迭有消長，我預見散文的影響力將有增無減，而每位作家收入一兩篇的散文選，光點渙散，已不足以凸顯這一文類的主流成就。「新世紀散文家」書系（九歌版）因而邀當代名家自選名作彙輯成冊。柳宗元談讀諸子史傳的收穫，曾說：「參之《穀梁氏》以厲其氣，參之《孟》、《荀》以暢其支，參之《莊》、《老》以肆其端，參之《國語》以博其趣，參之《離騷》以致其幽，參之太史公以著其潔，此吾所以旁推交通而以為之文也。」必先了解各家的藝術風格、表達技法，方能於自我創作時創新超越。這套書以宜於教學研究的體例呈現，歡迎走文學大道的朋友從散文下手！這批優秀作家的作品見證了一個輝煌的散文時代，他們的創作觀更合力建構出當代中文散文最精粹的理論！

推薦劉再復

劉再復，華人世界極具影響力的知識分子。他放懷古今中外，學問趣味寬廣，能研究，能創作，生命湧動著越界的思維和天啓式的告白。

劉再復爲文，時而雄奇豪放，時而溫柔簡潔，他的文章總有令人震懾的場景：一些人類命運的困惑，或人間情義的課題，以精雕的意象，緜密的抒情性，成爲這個時代最難能可貴的、有尊嚴的哲思錄。

劉再復像屈力馬扎羅山頂那頭豹子，他所書寫的，是內心滄桑的生命孤本。無能涉足屈力馬扎羅山的人，請來閱讀劉再復，做一趟靈魂重生之旅！

——陳義芝

思想者的靈魂之旅

——劉再復散文概說

顏純鈞

天下好文章，無一例外以情趣與理趣取勝，當然，要眞正打動讀者，還需掌握得心應手的文字功夫。有的作家擅長鋪排情趣，有的作家擅長闡釋理趣，有的作家兩者兼長，深切觀照現實人生，不斷開掘思想境界，文章裡的情趣與理趣，自然豐盈充沛。

再復左手寫學術論文，右手寫生活散文，數十年來練就從理性與感性兩個側面去體悟人生的本事，抒發情感時能淋漓盡致，推研理論時又嚴密創新。以開放活潑的思想，不斷去考察人生；又將個人在現實生活中的煎熬和感悟，反過來檢驗自己的思想，感性與理性的對流融會，使他的散文寫作不斷有新境界。再復的散文是思想者的散文，側重抒寫內心世界的散文，他把靈魂打開，將充滿血液蒸氣的思想和心路歷程展示給讀者。

靈性的源頭活水

讀再復早期的散文詩（一九八九年之前），深爲他洋溢於文字中的激情所打動。他對大自然摧枯拉朽化育萬物的力量，對故鄉與母親的依戀，對世間各種形式的美的歌頌和追求，對生命神秘本質的叩問，無不懷有一種澎湃的激情。以一種赤子似的眞誠，去親炙人生的苦與樂，參悟造化的神奇魔力，並將這些外在的刺激，吸納爲個人生命的營養，使自己的靈性如海一樣，不斷有活水注入，揚波激盪，生機勃發。

從永恆變幻的大海，到潔白的燈芯草，從對命運的質詢，到對朝露的詠嘆，人對於已知和未知的世界，總有種種不息的好奇心，總想去掀開神秘的面紗，探詢事物的本質，總想把內在的生命與外在的宇宙作深廣的交流。在《讀滄海》中他說：「我暢開胸襟，呼吸著海香很濃的風，開始領略書本裡洶湧的內容，澎湃的情思，偉大而深邃的哲理。」海在他筆下變成一本大書，內容無限豐富。再復把大自然作爲書本閱讀，不僅作知識的閱讀，也作生命的閱讀。在再復看來，宇宙自然、社會人生，都是最基本的典籍，他在這一日常的典籍中確實讀出了新意。

人的靈性有先天的成分，也需要後天的澆灌蕩滌。一些才情橫溢的人，單靠天生的悟性，不斷虛耗自己，到頭來終不免曇花一現；而那些能以源頭活水來營養身心的人，卻有希望一再開墾出心中的處女地。從對那些牽動自己心弦的事物的謳歌中，再復要宣洩的不只是心中的激情，他還借此塑造自己的人格，爲自己的靈性著上顏色，譜上旋律，讓自己的內心更充滿對美的期待，對良知的堅貞。再復在散文詩中流露的對童年與鄉村的眷戀，實際上隱含他對概念窒息人性的時代的反叛，也是對人性中溫柔健康一面的嚮往。這種人格內涵，正是上個世紀八十年代剛剛覺醒的一代知識分子共同的思想和心願。

一般來說，隨著年齡老去而逐漸消失的人的稟賦，包括激情、感性和好奇，而這些素質又恰恰是一個有抱負、有擔當的作家不可或缺的。從早期的散文詩直到近期的散文，劉再復那種詩意的激情、感性和好奇都還鮮活地保持著，思想的境界雖然日新，但感性的園地並沒有乾裂。無論是追求眞理的巨大快樂，還是撕裂靈魂的尖銳痛楚，他都不迴避不因循，用心去承受淬煉，該傷感就傷感，該憤怒就憤怒，該狂喜就狂喜，通過種種淬煉，磨厲自己的意志，刺激自己的感官，養出一種與山川共呼應、與人間同呼吸的精神氣質來。再復能夠如此，實得益於他對生命的信念，他認定沒有生命的解放就沒有文學的解放，文學的精采首先在於生命的精采，因此，他不斷更新生命，向生命深處挺進，不斷對自己內心世界提出叩問和質疑。世界是永恆地運動變化的，人的內在也如此，不斷揚棄舊的不合時宜的包袱，輕裝上陣，不斷開拓新的視野，登臨新的制高點，天風海濤滌淨塵垢，山嵐林泉沐浴身心，如此常年吐故納新，他的靈性便有源源活水。

自我放逐與自我回歸的新人格

在他的散文中，再復不止一次提到自己的「第一生命」、「第二生命」，這是指以八九年離開故土為界，他的生命經歷兩個主要階段。不過如果更仔細一點去觀察，便可以看到在他二次生命之中，有不同的思想發展階段。

文化大革命之前，再復以優異成績畢業於廈門大學中文系，跟著又在中央一級的文學研究機構作學術研究工作，直至擔任社會科學院文學研究所所長之職。在中國大陸，這可以說是一個顯要的職位了。一方面是學術工作的順心和社會地位的提高，他對個人的抱負充滿期待，但另一方面，他又不斷目睹社會的陰暗面，政治鬥爭的殘酷與他善良的天性極不協調，服膺政治理念或服膺眞理良知，成了一個折磨他心靈的現實問題。這種矛盾的心理反映在他的作品中，構成他早期散文詩的情感張力。崇高與卑劣、天眞與世故、眞善美與假惡醜，要分辨不是太容易，他要尋找一些典型，寄託自己的情思，限於政治禁忌，又無法將話說得明白，因此象徵便成了最好的排遣。滄海、榕樹、朝露、孤島、蒼鷹、落葉等意象，各以它們不同的風格，被再復借用來展開自己的內心世界，抒發自己精神嚮往，並借此塑造自己的情操。

事業上的順境並沒有令他迷茫，眾聲喧譁也沒有令他失去自我，直面罪惡拍案而起的孤憤，也沒有令他失去理性，所有這些難得的品性，歸根結柢，都來源於個人良知的呼喚。

良知的覺醒是從文革的罪惡淵藪裡開始的，到了八十年代末的改革與保守的正面衝突中，他更堅定地信仰精神自由與人性尊嚴這些普世價值。離開故國是痛苦的抉擇，一時的精神失落是正常現象，從祖國的母體中剝離出來，不知道身何所寄、心何所從，從事政治鬥爭有違自己的天性，遊離於政治之外又有些許孤單。千難萬難，安頓自己的靈魂最難，再復在孤獨和徬徨中掙扎，不斷質疑自己、推翻自己，又不斷肯定自己，這種在苦難中淬煉的經歷，使他蛻三層皮，脫胎換骨。他發覺過去太沉重了，包袱那麼多，千絲萬縷，糾纏不清，要徹底解放自己，只有先自我放逐，遠離喧囂，放下名利，將一些精神領域騰空出來，好接納新的空氣和陽光，重新定義自己、定義故鄉、定義世界。這個艱難的過程，有如起死回生，每一次自我批判都有錐心之痛，不過，每一次與過去的自己剝離，都使自己不斷向內心挺進。

他不僅把漂流過程看作「自我放逐」，而且看作「自我回歸」，即回歸到個人生命的尊嚴與自由，回歸到不被主義和概念所遮蔽的童年的眼睛，回歸到《山海經》似的中華民族的精神本真。他重新定義故鄉，重新尋找情感的歸宿，都是自我回歸。把放逐與回歸重新組合，是再復海外寫作的主旋律，也是他對漂流散文的貢獻，他的「第二生命」就隱藏在其中。在汩汩不絕的感性文字裡，他組織出一個完整的新人格，有別於《離騷》似的人格。

「外儒內禪」的生命雕塑

每一個人都是社會的一個細胞。人體由億計的細胞組成，對於整個身體來說，一個細胞微不足道；社會由億萬人組成，一個人與社會相比，也是微塵芥末。不管如何，每個人與自己身處的社會都有一種對應關係，個人對社會有多少承擔，社會對個人有多少影響，兩者相互作用，便規定了每個人在他的社會裡獨特的位置，或高或低、或前或後、或正或反，可以說，每個人花費一生那麼長的時間尋尋覓覓，最終想確定的，也不過是這樣一種關係。

同樣的，人與他所處的時代、與他肩負的歷史、與人類整體的文化，都有對應的關係。人不應以自己的社會價值去衡量這些關係，而應以自己內在的品位來定義這些關係。

讀再復的散文，覺得他心事浩茫在執著某些東西，他的散文關心世道人心，關心人間苦難，批評社會筆鋒犀利，頗受唐宋八大家的風格影響，這顯然有儒家「兼濟天下」的情懷。這一情懷在近年出版的《漫步高原》中仍然表現得十分明顯。更深一層讀進去，又發覺他的關懷與批評都是不得不鳴，骨子裡蘊藏著的是超越世俗的禪性。所以他到海外後，與政治拉開足夠的距離，調動內心的力量抗拒各種艱難與誘惑，守住自己的「達摩之洞」，面壁十年沉思，對社會人生有一種超然的審美態度。他的獨語、獨步、獨思、獨想，不是獨善其身，不是通向道德權威，而是通向審美，通向個體生命的自由。他和女兒劍梅在《共悟人間》中談論慧根、善根、靈魂的根柢、快樂的巔峰、人生分期、生命狀態、生命場、外婆意蘊等等，其要點都是強調淡泊名利，拒絕世故，遠離機謀，莫爭話語霸權，努力保持眞情眞性和剛到人間之初的那一點「混沌」（不知算計）和「傻氣」。他的近作《夢裡已知身是客》，更是將人生視作一種過客的靈魂之旅，他認定不想佔有他物，也不想主宰他人，便能得大自在。再復漂流生涯的後一階段，活得更自在，散文中也散發出更多禪味的芬芳。如果用「外儒內禪」來形容再復，大約不會離再復的本色太遠。

再復是思想者，他早已將自己定義爲思想者部落的成員，他以思考爲天職，以思考爲樂趣，思考是絕對的，思想之得失則是相對的，有這樣的用心，我們可以期待他的散文還會有更新的境界，因爲什麼都有止境，唯獨思想是沒有止境的，尤其是有血液的思想，一定會像源源不絕的江河。

——二〇〇二年三月

劉再復散文觀

散文作為文學的一大門類，大體上可分為敘事性散文、論說性散文與抒情性散文三種。敘事性散文向長度伸延，就派生出報告文學。如果敘事過於曲折離奇，便向小說靠近，但它不是小說，因為它不許虛構，寫的一定是實人實事。論說性散文派生出雜文，寫長了便向論文靠近，但它一定不是學術論文，因為論文訴諸邏輯，而雜文等論說性散文筆端則帶情感，兩者都有思想，但前者是純理性的，後者則是帶有生命血液的詩意的思索。抒情性散文倘若寫得抽象、濃縮一些，就變成散文詩。散文與詩相比，詩更多地使用曲筆，即更多地使用隱喻、象徵、比興、通感等手段，而散文則喜歡用直筆，即直接把作家自身的人格精神、生命感悟及社會歷史見識直接表達出來，因此，散文可稱為主體人格和生命情思的詩意存在形式。

輯一

讀滄海

我讀著海，
從淺海讀到深海，
從海平面讀到海底我神往的世界。
但我困惑了，
在我的視線未能穿透的海底，
偉大書籍最深層次，有我讀不懂的大深奧。

讀滄海

1

我又來到海濱了，又親吻著海的蔚藍色。

這是北方的海岸，煙台山迷人的夏天。我坐在花間的岩石上，貪婪地讀著滄海——展示在天與地之間的書籍，遠古與今天的啓示錄，我心中不朽的大自然的經典。

帶著千里奔波的飢渴，帶著長歲月久久思慕的飢渴，讀著浪花，讀著波光，讀著迷濛的煙濤，讀著從天外滾滾而來的藍色的文字，發出雷一樣響聲的白色的標點。我暢開胸襟，呼吸著海香很濃的風，開始領略書本裡洶湧的內容，澎湃的情思，偉大而深邃的哲理。

打開海藍色的封面，我進入了書中的境界。隱約地，我聽到太陽清脆的鈴聲，海底朦朧的音樂。樂聲中，眼前出現了神奇的海景，我看到了安徒生童話裡天鵝潔白的舞姿，看到羅馬大將安東尼和埃及女王克莉奧特佩拉在海戰中愛與恨交融的戲劇，看到靈魂復甦的精衛鳥化作大群的銀鷗在尋找當年投入海中的樹枝，看到徐悲鴻的馬群在這藍色的大草原上仰天長嘯，看到舒伯特的琴鍵像星星在浪尖上跳動……

就在此時此刻，我感到一種神奇的變動在身上發生，一種無法言說的謎在胸中躍動——一種曾經背叛過我自己但是非常美好的東西復歸了，而另一種我曾想擺脫而無法擺脫的東西消失了。我感到身上好像減少了很多，又增加了很多，只是減少了些什麼和增加了些什麼，我說不出來。只感到我自己的世界在擴大，胸脯在奇異地伸延，一直伸延到無窮的遠方，伸延到海天的相接處，我覺得自己的心，同天，同海，同躲藏的星月連成一片。也就在這個時候，喜悅像湧上海面的潛流，突然滾過我的胸脯。生活多麼好呵！這大海擁載著的土地，這土地擁載著的生活，多麼值得我愛戀呵！

我不能解釋自己身上所發生的一切，然而，我彷彿聽到蔚藍色的啓示錄在對我說，你知道什麼是幸福嗎？你如果要贏得它，請你繼續暢開你的胸襟，體驗著海，體驗著自由，體驗著無邊無際的壯闊，體驗著無窮無盡的淵深。

2

我讀著海。我知道海是古老的書籍，很古老很古老了，古老得不可思議。

原始海洋沒有水，為了積蓄成大海，造化曾經用了整整十億年。造化天才的傑作呵，十億年的積累，十億年的構思，十億年吮吸天空與大地的乳汁。雄偉的橫貫天地的巨卷呵，誰能在自己的一生中讀盡你的豐富而博大的內涵呢？

有人在你身上讀到豪壯，有人在你身上讀到寂寞，有人在你心中讀到愛情，有人在你心中讀到仇恨，有人在你身邊尋找生，有人在你身邊尋找死。那些蹈海的英雄，那些自沉海底失敗的改革者，那些越過怒浪向彼岸進取的冒險家，那些潛入深海發掘古化石的學者，那些耳邊飄忽著絲綢帶子的水兵，那些駕著風帆頑強地表現自身強大本質的運動健將，還有那些仰仗著你的豪強鋌而走險的海盜，都在你這裡集合過，把你作為人生的拚搏的舞台。

你，偉大的雙重結構的生命，兼收並蓄的胸懷：悲劇與喜劇，壯劇與鬧劇，正與反，潮與汐，深與淺，珊瑚與礁石，洪濤與微波，浪花與泡沫，火山與水泉，巨鯨與幼魚，狂暴與溫柔，明朗與朦朧，清新與混濁，怒吼與低唱，日出與日落，誕生與死亡，都在你身上衝突著，交織著。

哦！雨果所說的「大自然的雙面像」，你不就是典型嗎？

在顫抖的長歲月中，不知有多少江河帶著黃土染污你的蔚藍，不知道有多少狂風帶著大陸的塵埃挑釁你的壯麗，也不知道有多少巨鯨與群鯊的屍體毒化你的芬芳，然而，你還是你，海浪還是那樣活潑，波光還是那樣明豔，陽光下，海水還是那樣清。不是嗎？我明明讀到淺海的海底，明明讀到沙，讀到礁石，讀到飄動的海帶。

呵，我的書籍，不被污染的偉大的篇章，不會衰老的雄奇的文采。我終於找到了書魂——一種偉大的力量，一種比海上的風暴更偉大的力量，這是舉世無雙的沉澱力與排除力，這是自我克服與自我戰勝的蔚藍色的奇觀。

3

我讀著海，從淺海讀到深海，從海平面讀到海底我神往的世界。但我困惑了，在我的視線未能穿透的海底，偉大書籍最深的層次，有我讀不懂的大深奧。

我知道許多智勇雙全的科學家、工程師和探險家，也在讀著深海，他們的眼光像一團炬火正在越過黑色的深淵去照明海底的黃昏。全人類都在讀海，世界皺著眉頭在鑽研著海的學問。海底的水晶宮在那裡？海底的大森林在哪裡？海底火山與石油的故鄉在哪裡？古生代怎樣開始生物繁衍的故事？寒武紀發生過怎樣驚天動地的浮沉與滄桑？奧陶紀和志留紀經歷過怎樣扣人心扉的生存與死滅？海裡有機界的演化又有過怎樣波瀾壯闊的革命的飛躍？

我讀著我不懂的大深奧，於是，在花間的岩石上，我對著浪花，發出一串串的海問，從我起伏的熱血中湧流出來的海問。我知道人類一旦解開了海謎，讀懂這不朽的書卷，開拓這偉大的存在，人類將有更偉大的生活，世界將三倍富有。

我有我讀不懂的深奧，然而，我知道今天的海，是曾經化爲桑田的海，是曾經被圓錐形的動物統治過的海，是曾經被凶猛的海蛇和海龍霸占過的海。而今天，這荒涼的波濤世界變成了另一個繁忙的人世間。我讀著海，讀著眼前馳騁的七彩風帆，讀著威武的艦隊，讀著層樓似的龐大的輪船，讀著海灘上那些紅白相間的帳篷，和剛剛擁抱過海而倒臥在沙地上沐浴著陽光的男人與女人。我相信，二十年後的海，被人類讀不懂其深奧的海，又會是另一種壯觀，另一種七彩，另一種海與人和諧的世界。

偉大的書籍，你時時在更新，在豐富，在進化，一刻也不靜止。我曾經千百次地思索，大海，你爲什麼能夠終古常新，能夠擁有這樣永遠不會消失的氣魄。而今天，我讀懂了：因爲你自身是強大的，自身是健康的，自身是倔強地流動著的。

別了，大海，我心中偉大的啓示錄，不朽的大自然的經典，今天，我在你身上體驗到自由，體驗到力，體驗到豐富與淵深，也體驗著我的愚昧，我的貧乏，我的弱小。然而，我將追隨你滔滔的寒流與暖流，馳向前方，馳向深處，去尋找新的力和新的未知數，去充實我的生命，更新我的靈魂！

——一九八五年・選自香港天地圖書版《潔白的燈芯草》

又讀滄海

1

又是迷人的夏天，又是北方的海岸。又是無邊的神秘，又是無底的深淵。又是望不盡的藍幽幽，又是讀不完的白茫茫。

圓月缺了，缺月圓了。已讀破了許多圓月，已讀圓了許多缺月。

全都寫在碧波之上，憤怒與惆悵的文字，思念與告別的文字，絕望與希望的文字。全都寫在浪花之上，歡樂與悲涼的樂章，戰鬥與寂寞的樂章，譴責與懺悔的樂章。

大自然的史詩，千姿萬態。透明與混濁的交替，墨黑與柔藍的轉換，放歌與低訴的和諧，全都聚匯在你巨大的生命之上。

是誰賦予你這史詩般的生命呢？大海。

在遙深的底層，在邈遠的上空，有誰調動著你，主宰著你，規範著你呢？在縹緲的天涯一角裡，眞的有一位滿頭銀鬚的洞察一切的神靈嗎？在宇宙的無盡頂端，在萬物萬有生死轉移的冥冥之中，你是否和一顆全知全能的心靈相連呢？

2

我翻閱你的每一頁，每一行，細讀你字行間那些藍色的奧秘與白色的幽微，但我從未見過上帝與魔鬼留下的蹤跡。

我只讀到你自己，只讀到那深黑色的海心和紫絳色的海魂，那熱烈的血與冷峻的血，那主宰著你自己也主宰著一切的強大的洶湧與澎湃。

雲間已撒下無數次的風雨雷霆，但你照樣展示你的萬丈波瀾，海底已爆發過無數次的火山熔岩，而你依舊是從容不迫，遼闊無邊。你隨時可歌，隨時可舞，隨時可沉默，隨時可爆發。剛剛還是圓月下的沉默，沉默得像安詳的、熟睡的母親，瞬息間又是沉默中的爆發，爆發得像狂醉的、瘋癲的酒神。然而，幾個時辰過去，又是一派瑪瑙似的透明，一脈綢緞似的蔚藍。大海，你憤怒時如此長嘯，悲傷時又如此動情。你的高歌與嗚咽，你的純情與傲眼，你的豪放與婉約，既使我壯懷激烈，又使我頭顱低垂。

沒有一種力量能剝奪你的雄渾與豪強，所有想剝奪你的，都被你所剝奪，所有想吞沒你的，都被你所吞沒。浪尖上，波峰上，礁石上，沙灘上，全記載著，記載著你的浩浩蕩蕩的靈魂和不可征服的尊嚴。

3

大海，我心愛的大書卷。我已讀破你的經籍般的淵深，史詩般的廣袤，而你的藍色的眼光，是否也穿越我的軀殼，讀著我呢？——讀著我的身內的大海，那些日夜動盪著的激流，朝夕變幻著的文字，那些已展示和未展示的篇章，帶著海的鹹味與海的苦味的波瀾。

唯有你，變幻無窮的海，可以和人類身內的宇宙相比，唯有你，酷似我心中的世界：一部沒有邏輯的詩，一部充滿偶然、充滿荒謬、充滿聖潔的小說，一部在狂暴與溫順、喧譁與緘默、放浪與嚴肅中不斷擺動的戲劇，一部讓岸邊聰穎的思索與狡黠的思索永遠思索不盡、煩惱不盡的故事。

你讀到我的海了嗎？你讀到這些激盪著的詩文和跳躍著的故事了嗎？你讀到我的輕漾的暖流和縱立的怒濤了嗎？你讀到我的紫色沉思與白色的爆發了嗎？請你也如我一樣多情，請你常常徘徊在我的岸邊，我的沙灘，我的岩角。在我的海裡，有溫柔的水草，有剛毅的礁石，有很美的海村和很美的海市，海村裡有太陽的明豔和鐮月的朦朧，海市裡有淺白的天街和深綠的燈火。還有許多飄動的海旗，海樹，和疾翔的海鷗，這一切，這一切都是我靈魂的家園，都是我的深藏著的文字和深藏著的生活。

4

大海，我曾多次地走到你面前。我見到了你，但你未必見到我。我不倦地閱讀你的浪濤，但你未必發現我的煙波。

我不怪你，我的壯麗而渾厚的朋友。

因爲我的海，曾是凍僵的海，曾是乾涸的海，曾是垂死的海。

因爲我的海，曾是沙漠，被橫掃一切的風暴席捲過的沙漠。沒有花草，沒有森林，沒有飛翔的大雁，沒有旋轉的泉流，只有被風沙打擊得非常模糊的、淒涼的腳印。

因爲我的海，曾是旱湖，被九個太陽曬乾了柔藍的旱湖。失落了碧波，失落了浪花，失落了喧囂與騷動，失落了海燕與風帆，只留下沉入海底的恐龍的化石和其他古生物的殘骸。

因爲我的海，曾是廢墟，被瘋狂的火焰燒焦了生命的廢墟。沒有生機，沒有活潑，沒有潮汐與春秋，只有斷垣、頹壁與荒丘。

這海，連我自己也不認識的海，連我自己也不願意閱讀的乏味的書籍，吸引不了你的蔚藍色的眼睛，我不怪你。

死過的海復活了。沉睡過的海醒了。僵冷的大書舒展了新的一頁。

5

我已重生。我已擁有我的大海，擁有海的脈搏，海的呼吸，海的溫柔與粗暴，海的憤怒與憂傷，海的嫵媚與豪放。

我已重新獲得我的海魂，洋溢著尊嚴、力量和美的海魂，擁有奔馳的自由與翻捲的自由的海魂。一切，都已打下海魂的烙印。黑暗，是淵深的黑暗；光明，是堅韌的光明：憂傷，是崇高的憂傷；奮發，是雄偉的奮發。

大海，你感受到我的復活了嗎？你感受到我那丟失的海魂已艱難地回歸到我的藍土地和藍家園了嗎？你感受到我身內的書籍已務去陳腐的語言與陳腐的邏輯了嗎？你感受岸邊新月似的眼睛和投射到你身上的新曙般的光芒了嗎？

今夜，我帶著復活了的眼睛，在星輝撫摸的海堤上，重新閱讀了滄海，重新閱讀你的雄奇與神韻。不僅對你作知識的閱讀，而且要作心靈的閱讀。我將用我被風暴打擊得更加粗糙的靈魂，去消化你這偉大書籍的艱深，我將用我在痛苦的尋找中變得更加好奇的目光，穿越濃霧與陰影，進入你更深邃的底層。我相信我的海和你一樣，有強大的胃，能消化掉一切烏雲與風暴，重新贏得健康，重新贏得高傲，重新贏得浩瀚。

我不再徬徨，只要你在我眼前，我就不會虛空，我就有望不盡的藍幽幽，讀不完的白茫茫……

——一九八八年．選自北京人民文學版《人間．慈母．愛》

榕樹，生命進行曲

1

我時常思念著故鄉的靈魂，榕樹。
記得有人問我：你追求過怎樣美麗的靈魂？我說，榕樹。
情感的潺潺，思想的潺潺，再一次流過故鄉崎嶇的山野，再一次流過往昔崢嶸的歲月，
回過頭來思量，昨天使我愛戀過的靈魂，今天依然使我嚮往著的靈魂，也只有它——
榕樹，我的永恆的愛戀。

2

我愛戀的榕樹，不知道使多少陌生人爲它興嘆過，傾倒過。

眞是太壯闊了。只要你接近它，就會感到它的全身，都在散發著一種最動人的東西，這就是生命。

善於思辨的哲學家說，美就是生命。我相信，因爲榕樹，我才相信。

幾乎是整個童年時代與少年時代，我都在觀賞這種洋溢著生命的大樹。

我喜歡這一綠色的存在在無風中的平靜、雍容、豐盛、滿足，像沉默的大山一樣巋然而立。

我也喜歡有風的時刻，榕樹的每一片綠葉，都像風帆那樣善於捕捉最弱的微風。因此，當輕風吹拂的時候，它的葉子就會顫動起來，刹那間，樹上好像千百萬綠色的蝴蝶，在一開一翕地扇著翅膀，共同編織著生命的織綿。

更使我陶醉的是雄風吹動的時辰。此時的榕樹，瞬息間從沉默的大山變成洶湧的大海，波浪在樹梢上澎湃著，時時發出拍打藍天的沙沙的響聲。

有一位很重感情的北方朋友告訴我，他第一次見到南國土地上的高大榕樹時，幾乎嚇呆了。榕樹那企圖籠罩大地的濃蔭，那企圖吞沒白雲的樹冠，那企圖飲盡地下全部水分的根群，那陡立而又彎曲多節的巨枝所構築的殿廊、山脈、峽谷和道路，一起在放射著生命的光波與音波。這種柔和而強大的波浪，把他的心靈搖撼得很久很久。

在撼動中，他感到自己的生命被另一種強大的生命所照明，所溶解，所征服。他覺得自己完全被這種強大的生命所俘虜，並且被剝奪了身上的渺小、卑瑣、頹唐與消沉。在樹下澄清的空氣中，他覺得自己的靈魂升騰起來了，彷彿也變成一隻扇動著翅膀的綠蝶，也在這個充滿生命的蔥蘢世界中快樂地翔舞。

3

我比這位北國的友人更了解榕樹，生命裡積澱著更多的榕樹的枝椏與碧葉。

我家鄉的山野與原野，處處都有榕樹。肥沃的地上，貧瘠的地上；堅硬的地上，鬆軟的地上；有泥土的地上，幾乎沒有泥土的地上。

我家鄉的山野與原野，時時都有榕樹。潮濕的時節，乾旱的時節；雨淋的時節，霜打的時節；有春天的時節，沒有春天的時節。

小時候我迷戀過一棵倔強的小榕樹。它就在幾乎沒有泥土的地方發展它的生命。它那成長的征程，就在我家屋後的一塊渾圓形的岩石上進行。大約三年時光，我一直追隨著它的足跡，注視著它那平穩而堅實的腳步。

我不知道它是在岩縫的哪一處破芽而出，只看到它從縫穴裡伸展出來的最初的嫩枝。這棵嫩枝在岩石的懸崖上，沉著、緩慢地跋涉，攀登，開拓著本沒有路的路，本沒有前方的前方。

當它發現岩縫裡有一層薄薄的塵土，就果斷地在那裡扎下了根，築下了第一個營寨，然後又向前伸延，邁進，不倦地繼續尋找著前方險峻的路，險峻的希望。

更使我驚訝的是，它在找不到第二個營寨的時候，竟從生命深處撒出一束根鬚，像蠶兒抛出的銀絲。柔韌的絲群朝下生長，直至親吻到地平面上的小草。後來，我才知道，這就是所謂氣根。在沒有泥土的時候，氣根憑藉它奮發的天性，吸收空氣中的水分，然後把自己養育成榕樹另一翼的生命線。

突破，掙扎，發展，挺進，這是一支青綠色的生命進行曲，這是一支鐵流似的生命凱旋曲。

正是這支無聲、無畏的歌，把巍峨的韌性，灌進了我的貧窮而乾旱的童年，啓蒙了我的還在襁褓中的人生。

4

後來，我在泉州的清源山和福州的于山裡，看到了輝煌的石壁榕，才知道比起我家屋後那支進行曲來，還有更雄壯的進行曲。

清源山的石壁榕，眞是生命的奇蹟。這棵雄偉的榕樹，生長在足有三層樓高的一塊巨岩上，而本身又有兩層樓高，觀賞它時，非仰視不可。

沿著石壁，許多粗壯的根從岩頂射向大地，有的像纜索懸盪空中，有的像巨蟒盤旋而下。它們把整塊巨石緊緊擁抱。假如從雲端俯瞰下來大約會看到這棵榕樹像巨人伸出手臂，抱住一塊天然寶石，企圖把它從大地的母腹中拔出。

我很幸運，竟在一次霧天裡見到清源石榕別樣的風姿。那時，霧氣正像炊煙裊裊上升，一陣一陣地掠過岩壁，而且一陣比一陣濃烈。被雲嵐霧靄所凝聚成的大白盤托住的古榕，在迷濛的煙波中忽隱忽現，好像飄動在雲空中的巨大帳篷。更有意思的是，在榕樹背後，又隱約可以見到岩石的母山中的一座寺廟，廟宇在雲霧繚繞中浮沉，朦朦朧朧，像是天上的殿堂。見到眼前景象，我竟飄飄忽忽起來：彷彿置身雲中玉宇，似乎還聽到蘇東坡的南方口音：「不知天上宮闕，今夕是何年？」

在于山，我又一次見到氣派雄偉的石壁榕。也是站在巨石肩膀上的雲中大樹，也是氣吞大地的巨蟒似的根群。

于山是閩鄉的父老們慶賀民族英雄戚繼光凱旋歸來的地方。在慶祝這位中華抗倭將領赫赫戰功的盛典中，有氣壯山河的石壁榕屹立身後，有不屈的生命進行曲在人們心中鳴響，不僅使英雄增色，而且使人想起英雄的凱歌是怎樣組合它的豪邁的節奏，我們偉大的長江與黃河所哺育的民族，又充滿著怎樣不可戰勝的生命。

5

了解清源山和于山石壁榕的友人告訴我：這種榕樹所立足的岩石，不是一般的岩石，而是最堅硬的花崗岩。如果說，要在世界上尋找一種在最堅硬的基石上生長出來的最堅硬的生命，那就是榕樹。

他還告訴我，這種生命的奇觀，是發端於一棵成熟的果子之中，果子裡面包藏著小種子。大約是一隻頑皮的鳥兒，在它吞食了榕果之後，就選擇這個奇偉的地方，排泄出消化不了的硬核。這顆種子，這個鳥的胃腸消化不了的生命，就憑藉岩隙中那一層塵埃凝結成的薄薄的泥土，悄悄地，雄心勃勃地長成光波四射的龐然大物。

仔細瞧瞧，岩石上好像沒有別的生命，也許在岩縫裡有幾株細小的野草，但我看不清。這種岩石眞是生命難以生存和發展的地方。

榕樹，就在生命難以生存的地方，讓自己生長成偉大的生命；就在生命難以發展的地方，把自己發展成其他生命望塵莫及的參天巨木。

這是多麼了不起的生命進行曲。

6

因爲和榕樹同一故鄉。所以我還知道它的生命進行曲有一種更超常的旋律。

那是在一次砍柴時體驗到的。我曾經在無意中砍傷過榕樹的青枝，被我誤認爲是死枝的生枝。就在我的斧頭砍下而提起的一剎那，它立即噴湧出雪白的乳汁，也許不是乳，而是血。總之，白色的生命之泉，神速地注入傷處，蓋住傷痕，而且很快就凝固，傷痕也隨之癒合。榕樹的這種生命泉，這樣果斷，這樣機敏，這樣迅速地履行它的天職，眞叫人感慨不已。難怪榕樹能夠那麼快地治好自己的創傷，繼續壯大它那鬱鬱蔥蔥的事業。

我見過一棵傷痕累累的榕樹，依然生長得非常美，每一片葉子都綠得發藍，在陽光的映照下，滿樹好像垂掛著無數忽明忽滅的藍寶石。我不知道這棵飽經風霜的大樹抗衡過多少鞭子與刀劍，才贏得這種生命的繁榮。

我還看到驚動我故鄉的大風暴，那是雷霆與閃電助陣的大風暴，榕樹在風暴中是那樣從容不迫，它那鋼鐵一樣的軀幹，鎭定地屹立著，而它的一些枝椏被折斷了。但是在風暴過後，我看到那些落地的青枝，有的竟依附著泥土，獨自重新萌動，復甦逝去的葉柄與葉脈。這些失去母體的生命，不僅沒有飢餓而死，而且執著地把自己發展成一個新的母體。

我還看到一次更加動人心魄的再生的壯觀。那是在一次空前的劫難中，有一棵榕樹被狂風擊倒了。於是，一個奇蹟因此發生了。這棵被拔倒的大樹，並沒有從此走向死亡，而是倒伏在地上，倔強地呼吸著，繼續著生命的另一種道路。它那龐雜的根系一半裸露在地上，一半還殘留在地下。殘留在地下的那一半，負起它生命的全部使命，繼續勇敢地演奏著它的生命進行曲。我看到，綠芽在這倒下的身軀裡，紛紛崛起，接著，又長出新的嫩枝和嫩葉。青春，在這受難的生命中繼續繁衍；琴鍵，在倒下的琴體中繼續跳動。直到我進入青年時代離開故鄉的那一年，還看到這倒下的生命體上那不朽的業績，不屈的凱旋。

這種倒伏的生命與不倒伏的靈魂渾然一體的奇蹟，這種在風暴中失敗而最終又在風暴中勝利的力量，使我意識到，眞正偉大的生命進行曲，是不會死亡的。即使被擊倒在地獄裡，它也會在地母偉大的懷中繼續歌唱。

7

我常常思念著故鄉的靈魂，榕樹。

我常常思念著故鄉的那一支生命的進行曲，榕樹。

我點燃一枝心香，祝願這支偉大的生命之曲，長久地在我故鄉明麗的土地上歌唱。願它常常挺進到我的心靈和我的夢境，常常挺進到爲我所愛的一切心靈和爲我所愛的一切夢境中。我祝福一切正直的胸脯裡，都有一支巍峨的歌，都有一支崢嶸的進行曲，都有一棵飛翔著千百萬綠蝶的——榕樹。

——一九八四年・選自天津百花版《太陽・土地・人》

慈母頌

1

爲了我和我的兄弟姐妹，媽媽，你把頭髮熬白了。翻開你年輕時的照片，你是那麼秀麗端莊。你微笑著，多麼像蒙娜麗莎；你沉思著，多麼像米蓋朗琪羅筆下的聖母。可是，你老了，爲了我和我的兄弟姐妹，你付出了詩一樣的青春，畫一樣的美貌，只留得滿頭雪一樣的華髮。

你蒼老了，但你的歷史的美並沒有逝去，你的現實的美也沒有逝去。像翻閱你往昔的照片，我常常翻閱著你永動的心靈，永存的慈祥。今天，我要高高舉起你的名字，像舉著故鄉的松明點燃的火把，傳播你那很少人知道的光明。從家鄉那些狹窄的田埂走上眼前這寬廣的大道，我一直在尋覓著精神上的維納斯與海倫，然而，直到今天，我最愛的還是你，一切美麗名字中最美的名字就是你，媽媽。

用不著神靈的啓示，當我還在搖籃裡貪婪望著世界時，就聽懂那些朦朧的歌聲，那是你的祝福；隨後，就從搖籃邊看到一輪發光的太陽，那就是你的眼睛。還沒有從搖籃裡站起，就知道搖籃外有無窮的愛，那是你給我的數不清的腮邊的親吻。媽媽，第一個爲我的快樂而歡笑的，第一個爲我的啼哭而焦急不安的，就是你。當我知道我的赤裸裸的、強健的身軀是你創造的時候，就領悟到你的神奇和神聖，我撲到你那蓄滿人間溫馨的懷裡，把臉貼進你的豐滿的乳房，再一次吮啜你的聖潔的生命。在你那永遠難知的愛的悸動裡，我幼年的心扉，開始朝著大地嚮往，還面對著金黃色的天空作無邊的猜想。那時，你撫摸著我的黑髮，指尖的陽光一直射進我靈魂的深淵，媽媽，你以你的撫愛，構築了我人生的第一個天堂，原初的，模糊的，然而終古常新的天堂。

2

你還記得嗎？媽媽，當我還在悄悄學步時，你就教我愛，教我愛青山，愛綠水，愛翩翩而飛的蝴蝶和孜孜而忙的小螞蟻。

你不許我踩死路邊的任何一株小草和小花。你說，小花與小草是故鄉的微笑，不要踩死這微笑，不要踩死微笑著的生命。這些小花小草都會唱歌，會唱桔黃色與翡翠色的歌，渴念雨水和渴念陽光的歌。於是，小花小草成了我童年的伴侶，我把許多心願都向她們訴說。有一回，我的眼淚滴落在小草的臉上，化作她的一顆傷心的露珠。

我曾憎恨螫刺過我的蜜蜂，時時等待著報復的時刻。而你，不許我恨，你說，不要忘記牠在辛苦採集，勤勞釀蜜。要多多記住牠的蜜，不要記住牠的刺。要寬恕地上這些聰明而帶刺的小昆蟲。

在中學的作文本上，我呼喊「向大自然開戰」，所有的同學都贊美我的宣言。唯有你，輕輕地搖頭。你用慈母的坦率說，我不喜歡你這股氣，空洞而冷漠。你要愛大自然，愛人類這一最偉大的朋友。要愛她的一切，包括愛嚴酷的沙漠，只有愛她，才能把她變成綠洲。不要動不動就說搏鬥，不要動不動就說恩仇。即使是搏鬥，也是爲了愛，爲了譴責那些無愛的毒蛇猛獸。沒有愛的恨，就是獸性的凶殘，人性的墮落。

3

你那麼傻，年輕輕時就守寡，背負著古老的鬼魂而過著寂寞的生活。我不歌頌你的寂寞，但我要歌頌你在寂寞中的奮鬥。生活多麼艱難呵，爲了我和我的兄弟姐妹，你在險峻的崖邊上砍柴，在暴風雨下搶收倒伏的稻麥，爲了搶救弟弟突來的重病，你在深夜裡，穿過林深虎吟的山嶺。看你現在的手，比樹皮還有更多的皺摺。

「我該怎麼感激你？媽媽，該怎麼報答你為孩子所作的犧牲？」你很不滿意我的話，在那棵大榕樹下，你是那樣認眞地對我說：不要這樣想，不要老轉著「恩惠」、「報答」這些念頭。將來你幹出一番事業，也不要說什麼犧牲了自己而為別人造福。不要這麼說，其實你並沒有犧牲，你為他人奮鬥的時候，也造就了你自己。世上的天堂，就在你廣闊而熱愛他人的心頭。我因為愛你們，所以我比你們更幸福。因為你們吮吸我的乳汁，我才感到自己是個母親。因為你們在我懷裡宛如天使酣睡，我才感到自己置身於聖靈蔭庇的教堂之中。沒有你們的活潑的生命，哪有我自豪的夢魂？愛者比被愛者更幸福。

呵，母親，哲學家似的母親，很少人認識的平凡的母親，我記住你的話，記住你這靈魂裡流出來的深奧難測的歌聲。

自從我心底繚繞著深奧的歌聲，我便懂得唯有把愛推廣到人間，才有燦爛的人生。為他人辛苦，將比他人更加榮幸。一切，都是我的本分；一切，一切，都是我自身所求。說什麼有功於他人，我只記得有功於自身——有功於我的自我豐富，有功於我的自我完成。

親愛的母親，像大地一樣慈藹的媽媽，你心靈裡的歌聲，比聖人的教導還叩動我的心弦，因為有你這歌聲，我不再傲視他人，我把他人與自身渾和為一個美麗的境界，一種自由而純潔的心魂。

4

媽媽，我和弟弟妹妹，好幾次問你，從少年時代問到青年時代：「你爲什麼愛我，爲什麼爲我們付出一生？」

你總是說，我不知道，我不知道，不知道在愛你們，一點也不知道。

有一次溫和的媽媽竟然生氣了，你指責我們，不要問，不要問，不要問這是爲什麼？我要告訴天下所有的孩子，母親的愛就是純粹的愛，爲愛而愛，就是說不清爲什麼愛的愛。媽媽，你生氣時多麼美麗呵，像秋日的太陽，蘊滿著溫柔的波光。可是，直到很久以後，我才明白你的這些母愛的宣言。是呵，唯有不求報償的愛，唯有連自己也意識不到的、從高貴的天性中自然湧流出來的愛，才是眞實的。媽媽，你就是這樣無條件地愛我，從情感的最深處把愛獻給你的兒子：

我知道，即使我長得像個醜八怪，你也會愛我的；

即使我脾氣暴躁得像我們家鄉的水牛，你也會愛我的；

即使我貧窮得沿街流浪，四方漂泊，你也會愛我的；

即使我被打入地獄，你也會用慈母的光明，照亮我痛苦的心胸的。

你的無所不在的光明，比天上的陽光還強大，你能穿透一切雲霧，一切屏障，一切厚重的鐵壁和地層。

親愛的媽媽，唯有在你遼闊的心胸裡，能容納我心內變化萬千的宇宙：悲與喜，愛與怨，冷與熱，歡樂與憂傷，希望與懺悔，昂奮與寂寞，歌吟與詛咒。唯有在你的遼闊的母性海洋裡，能夠容納我的一切心底的秘密，一切人類天性賦予我的波濤，還有一切難以容納的貧窮的朋友，一切曾經沉淪而沒有地位的失足者。

媽媽，當你容納我的一切時，你從來也不準備和我一起承受人世的光榮，你只準備著爲兒女背負靈魂的重擔，準備著爲我和我的弟兄姐妹承受一切苦惱與憂傷，一切突然來襲的風暴。當鮮花織成環佩帶在我身上的時候，我看到你還是伏在地上，默默地、機械地搓洗著我和孩子們的衣服，汗水依舊像小河在臉上湧流。不管屋外有什麼風轉時移，你的小河總是靜悄悄地流……

5

比海洋還要深廣的母愛呵，如果人們問我爲什麼熱愛家鄉，我要說，因爲家鄉裡有我的母親，白髮蒼蒼的母親，朝夕思念著我的母親。媽媽，今天你又在遙遠的地方，不管你走到哪裡，你就是我永遠眷戀著的故鄉。你的眼淚，就是我故鄉土地上甘美的泉水；你的語言，就是繚繞於我的心坎的鄉音；你的嘴唇，就是家鄉芬芳的泥土；你的雙手，就是故鄉那些蒼勁的青松。而你的心靈，就是我的愛的旗幟，生的警鐘，死的歸宿。

母親，不管走到哪裡，你都會把愛帶到那裡。把檀香般的芬芳之愛播向整個人間的聖者就是你，我的媽媽。故家的門檻不能限制你的愛，鄉土的門檻不能限制你的愛，世上所有的門檻都不能阻遏你心中愛的大河。從地上的星星到天上的星星，從身旁的弟兄到遠方的弟兄，你都獻予衷心的祝福。你教會我，愛是沒有邊界的。它就像太陽的光輝，超越一切界限把溫暖和光明，投射到四海之內的每一個兄弟姐妹。

6

你為人間的邪惡痛苦過。那些為了虛榮互相廝殺的人，那些為了一種權力把無數生命投進牢獄、投進戰火的賭徒，都使你生氣，使你的心受到折磨。但你也憐憫過他們，這些可憐的、墮落的靈魂多麼悲慘呵，他們的名字將永遠像沉重的鬼魂被釘在恥辱柱上，無論歲月怎麼變遷，時空怎麼移動，他們都要受到詛咒，連他的生身母親也要蒙受污辱。對人類失去愛的罪人，也被歷史所憎惡。

媽媽，你曾經委屈過，你的高貴的母性，曾經被蔑視過，在那個所有的愛都垂死的歲月，我也被慫恿過，蔑視過你的愛。我把鮮花扔到路旁，把小草輾碎腳下，把兄弟姐妹當作仇敵，在心靈裡丟失過你愛的歌聲。我譴責過你給我太多的軟弱，使我缺少廝殺的本領，破壞的熱情。媽媽，在那些嚴酷的日子裡，你悄悄流過許多眼淚，爲你的孩子，爲其他母親的孩子。

你曾經慌恐地找到其他的母親，你的眼神變得那麼悵惘，手變得那麼冰冷，在社會大風雪中被凍壞了的媽媽，帶著愛的悸動與女人的驚魂的媽媽。你和其他的媽媽無能爲力，只有心在顫抖，在呼籲：快結束吧，兄弟姐妹互相廝殺的戰鬥；快趕走吧，趕走孩子心中不幸的惡魔；快回來吧，孩子兒時那一雙柔和的眼睛。但你沒有力量，往昔母親的歌，唱不起來了，只化作一顆顆眼淚，在火爐邊悄悄滴落。

原諒我吧，媽媽，在那些狂潮把我俘虜的歲月，你兒子的荒唐僅僅由於無知，他並沒有墮落。你在兒子身上播下的愛的種子，畢竟沒有死亡。它在我的心底留下一點火星，這些微弱的光明使混沌迷路的我，從黑暗的密林裡掙扎出來，雖然失掉許多情誼，但沒有變得冷酷。感謝你呵，母親，因爲你播下的愛的種子是堅韌的，它，拯救了我的靈魂。

我今天又拾起你的往昔的歌。媽媽，我要唱，輕輕唱，唱給所有的綠葉與紅葉，唱給所有的小草和小花，唱給所有的小路和大路，唱給所有的燈光和星光，很輕很輕的歌，很重很重的歌，只有你聽得見，只有你聽得清，遙遠的母親，遙遠的故鄉的心靈，遙遠的中華的心靈。

——一九八八年・選自北京人民文學版《人間・慈母・愛》

我對命運這樣說

1

還沒有記憶的時候，你就闖進我的生活。你是誰？冥冥時空中，何處是你的家鄉？哪裡是你的歸宿？你知道嗎？我叩問過一萬次關於你的謎。

你跟隨著人類，跟隨著世紀，來也神秘，去也神秘；歌也匆匆，哭也匆匆。我分明感到你就在身邊，爲什麼看不到你的眼睛，見不到你的身影？

你這有聲有色的虛無，無影無蹤的實有。我看不見你，但感到你的存在，你的呼喚，你的權威。我曾撫摸過你的殘暴，也撫摸過你的溫柔；曾撫摸過你的專橫，也撫摸過你的仁厚。我知道你游蕩在愛與恨之交，生與死之界，但我看不見你，不知道你是什麼模樣。

昨夜我在夢裡見到你，你彷彿是一個馬戲團的戲子，帶著小丑的高帽，揮動著枯萎的樹枝，戲弄著所有的看客。

古往今來，有人匍匐在你的腳下，有人顫抖在你的面前，或作絕望的抗爭，或作希望的祈求，你都無動於衷。你高傲又謙卑，慳吝又豁達。你隨時都可以擁抱我，隨時都可以拋棄我。

今日你贈給人們以鮮花，明日卻灑給人們以苦淚。

我和你，總是隔著一層霧。霧中看著你，只有解不開的朦朧，穿不透的模糊，猜不完的玄奧。

2

祖先告訴我，你是魔。在遙遠的古希臘，人類還處在孩提時代，你就迷亂了人們的眼睛，讓他們不認識自己，也不認識自己的母親。你竟讓他們犯下了娶母殺父的罪孽。作孽呵，母親的懷抱，竟成了萬劫不復的深淵。

人類成熟了，你又玩著古老的伎倆，悄悄地跟在人類的背後，等待著他們的失敗與迷惘，然後把他俘虜，把他殺戮。那位和浮士德打賭的魔鬼，不就是你嗎？你的心那麼冷酷，隨時準備爆破孩子砌成的高樓，隨時準備審判智慧的錯誤。

你這貨眞價實的魔鬼，我已看穿你的罪惡：你把貧窮帶給善良的茅屋，把皮鞭交給狂妄的屠夫，把花環贈給無聊的騙子，把洪水帶給純樸的村落。

3

可是，我又聽到你的辯護：

我並非魔鬼，我是天使。我有天使的彩翼和彩夢。是我把你帶到母親的懷抱——生命永恆的熱土；你一降生就進入溫馨的家園，家園裡有生命的泉水，潔白的乳汁。因爲有這家園，你童年的靈魂，才無須到處漂泊。

俄狄浦斯王的罪孽不是我的罪孽，我早已化作神與先知，給他指示和告誡。可是他屈從不可遏止的情慾，依然帶上忒拜城的王冠。因爲我的打賭，浮士德才完成了人生輝煌的征服。人類充滿惰性與邪惡，沒有我的皮鞭和賭注，他們寧願沉睡與滿足。

我給探求者獻以創造的極樂，給頹廢者罰以精神的虛空，給怯懦者安頓在陰冷的牆角，給剛強者展示寬廣的道路。所有鍥而不捨的尋找者，都是我的友人。我給他們艱難險阻，只是爲了激發他們的生命的巨浪；我逼迫他們流下的眼淚，只是爲了洗明求索的眼睛。

4

我思索了漫長的時日，無法駁斥命運的辯護。

她是誰？說不清。她該半是魔鬼，半是天使；半是狼，半是鴿子；半是我的敵人，半是我的朋友。

給我這麼多痛苦，給我這麼多折磨，給我這麼多虛幻的期待，給我這麼多實在的戰鬥。每天都在奔波，但不知道，奔波是為了戰勝她給我的厄運，還是為了去接受她給我的誘惑？生命中那些難忘的歡樂，不知道是她的贈予，還是自身汗水的報酬？

讓她去吧，我不再思索。讓她去吧，我不再困惑。我相信她是強大的，但我也並不軟弱。我相信我可以成為她的主宰，即使主宰不了，也決不甘心作她的奴僕。我甩開她的陰影，將自己尋找，自己選擇，自己造就自己的心靈，自己保衛自己的魂魄。我自己賦予自己以強大的力量，挾著她，讓她和我一起來追求。即使挾不住她，也不會讓她牽著走。讓我浩歌而癲狂，我不願意；讓我煮酒而沉淪，我不願意；讓我頌揚命運的鐵拳，我不願意；讓我背叛自己的良知，我不願意；讓我停止求索的腳步，我不願意；讓我凍結胸中的火焰，我不願意；讓我譴責辛勤的園丁和他的不成熟的花朵，我不願意。不管她是魔鬼還是天使，我都不被她征服。不屈服於命運之神的誘惑或調遣，這才是人的生活。

——一九八八年．選自北京人民文學版《人間．慈母．愛》

死之夢

黑色的夜。

我夢見了死。夢見了白色的死神，穿著輕盈的羽衣，給我發出死的通知。一張冰冷的紙片。沒有人世間的繁瑣，通知簡潔極了。死，已無可辯駁。

我不怕死，並湧起一陣死的大歡喜。

謝謝你，彼岸的使者。你來了，你知道我太疲倦了，應當結束勞累和困頓，應當讓我在仁慈的地母懷裡休息了。那裡有泥的香味，草的低語，泉的輕吟，還有供我沉思的小土屋。

我真高興，從此我的心靈再也不必負載沉重的世界，不必像一根緊繃的弦，時刻準備彈回突然來襲的響箭，也不必再去理會那些悲劇性的糾纏，鬧劇性的判決。我真不願見沒有靈的肉，沒有愛的胸脯，也不願見沒有肉的靈，沒有活氣的漂浮的語言。

常被拖入本沒有戰場的戰場。沒有壯闊，只有令人窒息的硝煙。還不如早些離開這硝煙好。然而，一旦走開，硝煙又要說我膽怯，它又可以得到虛假的凱旋，而且還用凱旋的虛假去窒息其他無辜的花草。親愛的死神，謝謝你，此刻你用你的通知使我名正言順地擺脫這些戰場，又不必背負怯懦的罪名，你眞好。

那些蚊子眞討厭，今後可以不管他們了。蚊子大約不願意吃死人的肉。蚊子大約不願意和我一起入地獄。地獄裡大約沒有蚊子。蒼蠅、跳蚤、蚊子，與人類爲敵的夏三蟲，魯迅最討厭的是蚊子，我因爲愛魯迅，也討厭蚊子。吸血時還要唱歌，歌聲又那麼單調。晴朗的夜空，和平的圓月，山好水好的土地，我本該多多耕耘，可蚊子老是唱著歌。這回死了，再也聽不見了。死了大約沒有知覺。如果沒有蚊子的哼哼，該可以安靜地欣賞一下山那邊的紅霞和明月。我的生命的火燄，是紅霞點燃的。我的心靈的塵土，是月華洗淨的。童年時代的心靈總是受到月華的撫愛，所以它總是那樣純潔。如今連與明月相會的時間都沒有了，眞可怕，沒有紅霞的祝福和明月的洗滌，哪能有身體的健康與靈魂的健康？

死，眞神奇。靜悄悄地熄滅，靜悄悄地變動。因爲我的死，許多眼裡仇恨的火燄消失了，牙齒也沒有聲響。本想把我送入地獄，這會兒也說是送我升入天堂，還說允許我歌唱，像初春的百鳥一樣自由地爭啼。我很高興，但我開不了口，我憎惡我開不了口。死，眞是扭轉世界的槓桿。我眞喜歡死，我眞崇拜死。

可是，我的夢突然破碎了。另一場夢又在破碎中誕生，像破殼而出的小雛鷹。我夢見我不願意死。我看見生與死之間只隔著一條小河。不顧死神的憤怒，我撕碎那張死亡的通知。你這窮兇極惡的死神，滾吧，你以爲我會接受你的通知嗎？不，我偏偏還要活在人間，偏偏還要挺著脊樑活在人間。

死神卻冷冷地告訴我：死是不可抗拒的，誰也沒有力量撕破這張死亡的通知。

我終於感到死的不可避免，於是，我感到死的大苦痛。

等待著我的前方竟是虛無，竟是實實在在的永恆的虛無。我不愛虛無，不願意在虛無中滿足。生時我就不喜歡虛無的哲學。我愛莊子是因爲他的文采和他的雄辯。我習慣於踩著鐵蒺藜的征戰和被逼到懸崖上的拚搏。邪惡並不可怕，與他們周旋一番不算壯觀，但畢竟也是生活。蚊子覓血的歌，也不妨聽聽。陽光四射的白晝，蚊子其實很少，因爲厭惡蚊子而厭棄生活，才是眞的墮落。

我不願意死，不願意告別我喜歡的太陽、土地、人，不願意遠離星光、月光和遙遠的宇宙之光。我還想知道飛碟的謎和許多別的謎。這謎裡的微笑是我童年時代的長著金絲髮的公主。無邊無際的太空中眞的沒有小花和小草嗎？眞的沒有一片令人傾心的綠葉與紅葉嗎？我不信。帶著那麼多美麗的困惑到小土屋長睡，我睡不著。

還有這眼前的一切：紅色的鮮花，藍色的日記本，又紅又藍的鉛筆，似悲似喜的書籍，新譯好的聶魯達和艾略特的詩歌，小牆上帶著憂思的羅丹的少女，窗台上素潔如玉的水仙花，晨曦中女兒正在彈奏的湯姆森的仙宮曲。眞想再聽一聽這曲子，仙宮畢竟在現實的地上，畢竟在勞動不息的人生中。我眞喜歡莎士比亞的至死情深、沒有勢利眼的苔絲德蒙娜，眞喜歡托爾斯泰的情感熱烈到犯錯誤的娜塔莎，眞喜歡曹雪芹的那位愛哭愛嫉妒的林黛玉，就連羅曼羅蘭的那位清高懶散的薩皮納，我也喜歡。對於他們，我還有些話要說，我還要獻給她們一點評論的文字。

死，眞神奇。它竟喚起我那麼多的回憶，那麼多的情感。一切一切，都在瞬息間湧來、匯聚、衝撞。一切都使我重新感到她們的迷人：剛剛展示的大街，悄悄崛起的高樓，使勁轉動的遊樂場，縱情高歌的音樂廳，飛翔的白鴿，癡情的大雁，房前的綠柳，屋後的涼亭，正在轉青的山河，正在翻身的田野，兒時就和我的心靈連在一起的村莊。

——一九八八年·選自北京人民文學版《人間·慈母·愛》

朝露吟

每一個，每一個溫柔的黎明，我都在尋找你，在草葉與樹葉上，在剛剛燃燒的花瓣上。黃回綠轉，不管是留駐故園，還是浪跡天涯，我都在尋找你，把昨夜生動的夢和今天最清新的情意獻給你。

你出現在最美好的時辰，熱愛美好時辰的人們，都喜歡尋找你。那些像早晨一樣天眞的少男少女，常常在你身邊留戀、徘徊，用柔潤的目光和你微語。

我曾在故鄉的小池塘邊，看到一片嫩綠的荷葉，托著晶瑩如玉的你，像托著一顆晶瑩如玉的心，在晨風中婆娑，大約是在呼喚著曦光，美麗極了。

許許多多的花間草間都有你，他們都把你作爲一面小鏡，在你身上尋找自己的影子。也許是因爲被你的淚珠所滋澤，他們的生命才這樣地充滿芬芳。

我尋找你，也像那一花一葉，把你作爲一面鏡子，在黎明中梳理自己的心，淨化自己的胸襟。我將永恆地尋找著，梳理著，爲了使自己的心也像你那樣透明，爲了在自己的血液裡常常飄動著你那純潔的精靈。

——一九八五年．選自香港天地圖書版《潔白的燈芯草》

鄉戀

小時候，沉醉在綠意綿綿的草圃，沉醉在水清如銀的小河。艷陽下，山坡上，和村裡的小兄弟追逐蜻蜓，採掇山果。我摘下一朵杜鵑花，插在堂妹子的頭上——

故鄉，你是我童年時代的歡樂。

長大了，辭別了家鄉，遠離了故土。在遙遠的北國，對著紛紛飄落的白雪，想起了慈母的白髮，想起了愛人的眼淚——

故鄉，你是我青年時代的寂寞。

如今，甚麼都見到了，名園花圃，大廈高樓，近處的輕歌，遠處的曼舞。然而，常記得風中的弟兄，雨中的稻穀，不敢在花裡奢侈，酒中沉浮——

故鄉，你是我中年時代的純樸。

明天，生命的黃昏就要來臨，垂暮的日子沒有甚麼苛求。繁忙中，心事該是連著浩茫的廣宇，正直的大街，也該連著寂靜的村莊，彎曲的小路。

故鄉，如果我的一生不算虛度，此時該可以自豪地對你說——故鄉，愛的歸宿。

——一九八八年・選自北京人民文學版《人間・慈母・愛》

山頂

我望不見山頂，只知道有山頂；然而，我還是要攀登。

我望不見山頂，也不知道山頂上有甚麼。也許那裡有翩翩的白鶴，有聖潔的雪蓮，有珊瑚枝似的奇麗的花叢，有鵝絨似的柔美的綠茵。也許甚麼也沒有，只有山頂，只有光禿禿的山頂，只有焦土和死草，只有飄曳在山頂上的雲霧，甚至只有埋葬在雲霧中前一代攀登者的屍骨，和陪伴著他們的寒冷而淒涼的風（也許還有蜿蜒的蛇，噴著毒燄，飢餓的鬼，唱著攝魂的歌）。然而，我還是要攀登。還是要帶著少年時代的剛勇和青春的赤誠攀登。我的生命的歡樂，就在這日日夜夜的攀登旅程中。

——一九八三年·選自湖南人民版《深海的追尋》

蒼鷹三題

1

兩隻蒼鷹站立著，像思索著的紀念碑。

山上不長一棵草，連芨芨草也沒有。山上沒有一朵花，連被太陽烤成黑色的雞冠花也沒有。

這裡沒有野獸，也沒有甲蟲和螞蟻，滿目只是漠漠黃沙。啊，火燄山，是你被生命所遺忘，還是你遺忘了生命？

然而，鷹就在這裡站立著。堅爪就像鋼鐵鑲嵌在岩頂上。不知道她爲甚麼選擇這個地方歇腳？也許是爲了燒焦自己，完成一次寓永恆於瞬間的死亡和更換生命的涅槃；也許是爲了實現自己，準備向著光潔的穹廬展開更遠大的飛翔；也許是爲了乾淨和清白，爲了遠離被覓食的雞攪混的爛泥和天葬中的那群爭奪屍首的梟雄；也許爲了安寧，這裡雖然熱浪翻滾，但沒有浮囂與聒噪；也許甚麼也不爲，只因爲茫茫天宇下根本就沒有路沒有落腳的地方。只有赤條條的火燄山，願意接受她的漂泊。

她在這裡已經站立很久了。我怕凝固的火燄會燒毀她的雙腳與雙翅，便默默呼喚她快點起飛。但她還是站立著，站立在尚未死寂的地火中。我繼續期待著，渴望見到驚心動魄的一剎那，在沒有生命的山峰上，有一強大的生命羽翼，打破時間與空間的死牢，在雲端上作著強健的、自由的翔舞。那一定是一幅無比雄偉的畫，一定是一次魔幻似的壯觀。

然而，我揮別火燄山時，她還是站立著。她的雲端翔舞和奇幻壯觀不知道想獻給誰？大約只獻給藍天。我眞羨慕藍天，眞羨慕藍天那永久開放著的眼睛和偉大的、無所不包的懷抱。

2

頭頂是噴射的太陽，腳下是滾燙的山尖，她就置身於兩股火燄之間。地火已呑食所有生命，連生命影子也被掃蕩。最後一聲狼嗥，在很久以前就消失在群山的記憶裡。此刻，惟一的影子，就是她的粗糙而單調的影子。

她站立著，並不抬頭看看赤裸的火燄，也不低頭看看被沙塵包裹著的火燄。她已習慣了，習慣於站立在乾旱、荒涼與炎熱之中。站立著就是凱旋。她的直立的雙腳像兩根柱石，連同她的身軀，正是火燄山上生命的凱旋門。

她隨時都可以俯衝，隨時都可以閃電似地直撲雲空，但她只是站立著。黃森森的眼睛流瀉著一曲孤傲，對乾旱、荒涼、炎熱全投以輕蔑的光。輕蔑的眼睛，使我想起橫眉冷對的魯迅，想起失明前的雄獅般的貝多芬。貝多芬就以凝聚著力的輕蔑，戰勝了誘惑，把孤獨寫成英雄的千古絕唱。

3

已經飛越過許多山崖與峽谷，已經穿刺風雨與雲霧，雙翅已蓄滿飛行的倦意。該找個落腳點，該找一片棲息的樹林，該找一處青翠的山塢，然後再作騰飛的夢。

她尋找著，俯瞰著蜿蜒起伏的大地。她的雙眼已經苦澀，羽毛時常脫落，心靈已經困乏，還是尋找著。然而，總是找不到一片棲息的樹林，總是找不到一處落腳的青翠。

羽翼下的這一邊是寂寥，是古老的黃沙；羽翼下的那一邊是喧囂，是飛揚的煙埃。但沒有樹林，也沒有山塢。

聽風說，樹林在天涯，滋潤羽毛的碧綠在白雲的深處。

聽雨說，山塢在海角，存放心靈的青翠在遙迢的遠方。

她只好繼續盤桓。千回百轉，日升日落。呵，靈魂的故土，最後的家園，你在哪裡？

突然，她的眼睛明亮了。一個決斷使她明亮：不要尋找棲息，只管飛翔。甚麼地方都可以安身，無論是灼熱的沙漠，還是冰封的河川，只要有一副鋼鐵般的羽翼。

——一九九九年·選自安徽文藝版《讀滄海》

輯二

第一人生之初

最原始最弱小的抗議就是哭泣。
直到長大之後，
我才知道，
人間並沒有哭泣的自由。

漂泊的故鄉

兩年前，我開始在異國漂流的時候，好像不是生活在陸地上，而是生活在深海裡，時時都有一種窒息感。這種感覺無邊無際，彷彿就要把我淹死。我知道，產生這種感覺惟一的原因就是失落了故鄉。

故鄉的一切都是我需要的，無論是森林、草原、沃野還是沙漠、洪水、荒灘，也無論是慈母、親朋還是敵人，那怕是山林裡那些被我追趕過的醜陋的野豬和被我捕殺過的小老鼠，也是我需要的。我愛故鄉，包括愛故鄉的貧窮，我永遠不會嫌棄貧窮的父老兄弟。

然而，我卻被故鄉逼走了。我意識到自己開始漂流。故鄉橫貫東方的大陸，非常遼闊，人群多得像沙粒、小草和螞蟻，它決不在乎減少一粒沙、一株草和一隻螞蟻。故鄉告別動物界後的歷史很長很長，但仍然很野蠻，至今還常常玩著原始的遊戲，還會殺戮和逼走自己的兒女，但我仍然愛故鄉。當然，我不是愛那些殘酷的遊戲。

忘記過了多少日子，我的窒息感消失了，再也沒有被淹死的恐懼。這也和故鄉有關，因爲我在另一個世界裡又發現了故鄉。這個故鄉，就是漂泊的故鄉。

故鄉在很早以前就開始在西方漂泊了。這裡的土地埋著許多漂泊者的屍首。在這個同樣也很遼闊的地面上，到處都有我熟悉的黑頭髮和黃皮膚，到處都有故鄉的小鎭、書籍、衣飾、大瓷瓶和花生糖，還有孔子、孟子、莊子和數不盡的來自故國的滿臉憂思的照片和學說。故鄉昨天就開始漂泊，今天又同我一起漂泊。

今年五月，我和歐梵等幾位朋友在洛杉磯觀賞了德國現代藝術展覽會。在法西斯橫行的時代裡，這些作品被納粹稱爲「墮落藝術」也被展覽過，創造這些藝術的畫家也被迫流亡。然而，時移境遷，當年納粹眼裡的「墮落藝術」和精神污染，今天卻變得光彩奪目。了解德國這群漂泊到北美的藝術天才，才知道他們想的和我想的很不一樣。他們不是覺得失落了故鄉，而是認爲自己帶著故鄉到海的另一岸，而且帶著的是故鄉最高潔的部分。本世紀最傑出的作家之一托馬斯・曼的一句話放在展覽品的前列，像是展覽的序文，他說，我雖漂流到國外，但祖國文化就在我身上。此時我才領悟到，故鄉和故鄉文化也在我潺潺流動的血脈裡，它也和我一起浪跡天涯。我的用象形文字構築的書籍，我的書籍中的象形文字，也是故鄉。難怪，當我的文字被禁止的時候，我聽到了故鄉躁動的聲音。我是故鄉的一部分，生活在故土的朋友和敵人都與我息息相關，或緬懷，或仇恨，都在證明故鄉和故鄉文化也在我身上。

我背負著黃土地漂流的時候，也像在故國那樣，照樣在圖書館裡尋找荷馬、但丁和哥德，尋找托爾斯泰、陀斯妥也夫斯基與福克納，也尋找柏拉圖、孟德斯鳩、康德與馬克思。女兒讀著英文版的莎士比亞，我則讀著中文版的莎士比亞。他們的書籍，也是我的根，我的精神家園，這是和長著稻麥的家園不同的哲學家園和藝術家園。這個家園不是坐落在地上，而是飄浮在我的頭頂和我的眼中，它沒有泥土的香味，但有乳汁與果實。我從小就在這些家園裡採集過童話、文采和思想。安徒生的賣火柴的小姑娘早就是我兒時的朋友，我知道要給人間一點光明和溫暖，自己一定會站在黑暗與寒冷的雪地裡，這個道理就是她告訴我的。進入少年時代之後，哈姆雷特、浮士德、娜塔莎好像就生活在我的村莊裡，爲了替安娜・卡列尼娜辯護，我確實和同學打過架。即使到了一九八九年，當我在被死神追趕的路上，於恐懼之中，還想到基督和浮士德，可見，在我生命的深處，他們也是我的情思的泉水。我的根不僅連著莊子的鯤鵬與蝴蝶，也連著海明威的老人與海。泉水、蝴蝶、海、王子、美麗的藝術之星，伴隨著我作精神的流浪，他們全是我的漂泊的故鄉。

對於故土，我已不再像兒時那樣混混沌沌，只會在母親的身上爬動，除了尋找母親的乳房之外，甚麼也不懂。一旦離開了母親，就哇哇大哭。其實，到處都有漂泊的母親，到處都有靈魂的家園。

——一九九二年・選自香港天地圖書版《漂流手記》

瞬間

在芝加哥大學的校園，已經歷了第二個秋天。兩個秋天都來得非常突然，都在我沒有任何心理準備的時候突然展示在我的面前。

今年的秋天是在一個周末來到的。昨天，屋前的大樹還在陽光下閃著綠，而夜裡一陣秋風之後，今天早晨，卻突然滿樹是紅黃相映的葉子。有些葉子還在枝上抖擻，有些葉子則已開始了第一次秋的飄落。在依舊蒼翠的草地上，已有第一群秋的使者。

秋在一刹那間到來。就在一瞬間裡，生命更換了一個季節，世界呈現出另一種風貌。我既沒有爲夏天的消失而傷感，也沒有爲秋天的突然降臨而狂喜，只是驚訝於昨天與今天之間的一瞬。神奇的一瞬，改變了大自然生命形式的一瞬。瞬間的魅力，常帶給我永恆的激動。

我想到，人的生命也如大自然的生命一樣，常在瞬間完成了精采的超越，生命的意義就蘊含在一刹那的超越之中。在一刹那間，生命突然會奇蹟般地湧出一個念頭，一種思想，一股激情。這種不知來自何方的念頭與情思，強迫你立即作出判斷和抉擇。在那一瞬間，你並沒有意識到此時此刻的判斷和選擇如此重要，然而，正是這一時刻的選擇，使你的生命意義和生命形式發生了巨大的變動。也許，就在這一瞬間，你的靈魂已經跪下，成爲魔鬼的俘虜和合作者；也許就在這一瞬間，你的靈魂往另一方向飛升，穿越了龐大的痛苦與黑暗，甚至穿越了殘酷的死亡，實現了靈與肉的再生。這一刹那，就是偶然，就是命運。

我常常感到瞬間的神秘。這種難以描述也難以測量的力，可以摧毀一切，包括摧毀堅固的秩序和被稱爲「必然」的許多龐大的規範與權威，也可以摧毀自己在內心中營造多年的全部精神建築。然而，這種力也會把智慧之門突然打開，讓生活增加許多奇氣。很多長久折磨過我的困惑和許多長久煎熬過我的書本上的難題，就在瞬間中消解了，明白了。我覺得自己對於自身的存在和自身之外的其他無窮存在的領悟，就實現於瞬間之中。

瞬間，還常常改變自然時空與現實時空的程序，使過去、現在、未來，全躍動在我的思緒裡。瞬間中，我可以馳騁於古往今來的滄桑之中，感悟到生命的短暫，也感悟到生命的永久。近代大哲人海德格爾關於存在與時間的學說，最初是否也發生在瞬間的感悟之中呢？他對宇宙、社會、人生暫時的關懷和永久的關懷，以及兩種關懷之間的思辯，是否就在一個頃刻之中萌動呢？

我常常感到我的週遭到處是圍牆，我就生活在圍牆的籠罩之中。然而，就在一刹那間，我突然會完成一次勇敢的突圍和穿越高牆厚壁的嘗試。此時，我沒有意識到危險，更沒有意識到死神已逼近我的身邊。只是在這一瞬間過後，才意識到危險已被我戰勝，死神已被拋在遠處，我的生命已獲得了一種新的證明。我爲自己高興，並感到生命並不脆弱，就像從夏樹飄落而下的葉子，不是死亡，而是進入厚實的大地給秋作證。秋是美麗的，值得我爲她作證。

當我發現自己沒有被他人他物所確定的時候，眞是高興，因爲我知道被確定的生命是沒有活力的。只有不被他人他物所確定的生命，才有屬於自己的綠葉、黃葉與紅葉，才有屬於自己的生長、發展、飄落以及再生的故事。我眞高興，我將繼續經歷許多突然降臨的春夏秋冬和突然而來的一剎那。既然能看到瞬間的飄落，就能看到瞬間的萌動和瞬間的大復甦。瞬間雖然無定，但我信賴它。

——一九九二年·選自香港天地圖書版《漂流手記》

草地

在芝加哥大學，除了喜歡到圖書館之外，就是喜歡看看校園的草地。校園內到處是草地，其實，校園外也到處是草地。然而，我就喜歡看看，已經看了兩年了，還是喜歡看看。

草地上除了青草之外，別的甚麼都沒有。我的根在故國的土地上扎得太深了，不容易喜歡異邦，然而，我卻很喜歡異邦的草地。

我在西方的享受，就是看看這些草地，這些青青的、青青的草地。

我愛躲在屋裡讀書，讀得累了，突然會想起，屋外是一片草地，登時就有點精神。一旦走出門口，聞到草香，就更有精神了。這種體驗多了，才意識到草地也是我生命的一部分，它天天在給我注入一種精神的液汁。只要有草地在，我的生命就不會變成一片赤土。

記得童年時代的故鄉，也到處都有草地。可是，前幾年我回家鄉時，才知道草地和森林都消失了。不知道在甚麼時候，故鄉被剝了一層皮。

在北京生活，因爲很難見到草地，就在自己樓前小院裡種了一些小草，可是，街道委員會的老太太們組織大掃除時，總是把它拔得乾乾淨淨。在京城裡散步，總覺得缺少點甚麼。到了美國之後，才意識到是缺少草地。

我的生命太需要草地了。如果故國也到處都有草地，天天都可以看看草地，我的心境一定會安靜得多。對於我，這些飄動的小草，比挺立的旗幟還重要。

夏日裡，我更離不開草地。晚飯後我一定要到草地上坐坐，看看，想想。坐在草地上，想甚麼都特別順暢。

對著眼前的青青翠翠，我想到，人生其實也很簡單，只要有一簞食，一瓢飲，一片草地，就可以生活得很有味，用不著那麼激烈，那麼多憂煩，更用不著那麼多旗幟、火藥和無謂的喧囂。

——一九九二年・選自香港天地圖書版《漂流手記》

第二人生之初

在一九八九年那個怪誕的夏天裡，一顆子彈穿過我的心，然後把我的人生劈成兩半：一半留在大陸，一半被拋入海中。於是，作爲漂流的海客，我在大洋的另一岸開始了另一人生，這就是第二人生。

很奇怪，第二人生之初，竟然酷似第一人生。

第一人生的開始，自然是從母腹中誕生的那一瞬間。母親告訴我：那一瞬間，你和別的孩子一樣，一墜地就哇哇大哭，哭得眼淚流進屁股。我相信，在切斷和母體相連的臍帶的一刹那，我哭得很兇很醜。爲甚麼所有的孩子一降生就大哭？難道孩子們都天然地預感到此後將走進充滿荒謬的必須廝殺才能生存的人間嗎？難道在混沌中他們也明白人生的起點正是通向死亡的起點嗎？

我不想作無謂的猜測，只想說，我的第二人生也是從切斷和母親相連的臍帶開始的，而且，在斬斷臍帶的那一瞬間，又是一場痛哭。此次丟棄在海裡的臍帶是故國巨大的臍帶，沒有形體，沒有顏色，但我看得清清楚楚，它分明緊連著我的恐懼悲傷的姐妹。此時我還記得，在切斷臍帶的那一刻，我踏上陌生的土地，突然忘記母腹中那個曲腸百結的令人窒息的世界，只感到眼前高樓壓頂，所有的道路只是一條裂縫。於是，焦慮、不安、惶惑，眼淚簌簌流下。然而，在這一次痛哭之後，我很快就大徹大悟：應當接受劫難，接受大寂寞，接受為了靈魂清白的殘酷代價。一旦徹悟，我就不再哭了。整整三年，我不再流淚，只有冷靜的思索，不像第一人生之初，哭得沒完沒了，總是期待著母親的撫慰和憐憫。

我至今還記得處於第一人生時不斷哭泣的情景，記得母親總是用乳房堵住我的嘴，倘若繼續哭，母親就打我的屁股，打了之後，我哭得更兇。最原始最弱小的抗議就是哭泣。直到長大之後，我才知道，人間並沒有哭泣的自由。假如在那個炎熱的夏日裡，允許我為死者哭泣，我是不會辭別故鄉故國的。而今天，我身處天涯海角，沒有人可堵住我的嘴，我卻不願意哭了。我擁有比哭泣強大得多的聲音。

第二人生之初眞的很像第一人生。這三年，我又經歷了一次兒童蹣跚學步的時期：學自立，學走路，學說話。新生活伊始，甚麼都不會，甚麼都需要他人扶持，為了自立，眞跌了許多跤，鬧了許多笑話。為了會走路，從買車票到買飛機票，一樣一樣從頭學。最難的還是學說話，天天嘟嘟嚷嚷地學外語，跟著老師把一個單詞唸上十遍二十遍。第二人生的舌頭可沒有第一人生之初的舌頭那麼軟那麼靈巧，眞是有點硬化僵化了。幸而第二人生的臉皮比第一人生的臉皮厚得多，錯了也不害羞，老是被女兒嘲笑，先是被當博士生的大女兒笑，後又被當中學生的小女兒笑。可是，兩、三年後她們就不再笑了，她們發現硬舌頭也會變軟，而且發現，在電話裡用英語談情說愛，全被裝傻的爸爸聽懂了。眞的，我用笑報復了女兒的笑。

第二人生之初，我已從哭進入笑，但此去的人生還很長。和第一人生一樣，度過兒時的哭笑，一定還會有漫長的跋涉。不過，我既然已經學會直立和走路，就不怕山高水遠了。

——一九九二年九月．選自香港天地圖書版《遠遊歲月》

難過

在漫長的冬季裡，瑞典到處是燭光。瑞典的蠟燭不流淚。我的屋裡也有不流淚的光明。蠟燭雖不流淚，我卻常獨自難過。如果在三、四年前，我一定要迴避「難過」二字，因爲朋友們一定會以爲我在爲漂流而難過。但是，今天，我卻只能用「難過」二字。

有一天夜裡，在燈影的搖曳中，我心裡感到一種莫名的難過，便隨意翻著顧頡剛先生的論文集，竟發現他也用「難過」二字，而且「難過」的理由正和我相通。他說，回想過去，想到自己做了一些完全不適合於自己做的事，浪費了太寶貴的時間，感到分外難過。這種最尋常的反省卻使我激動不已，他的心緒加劇了我的心緒。我難過的正是因爲丟失了時間。那麼多身體強健而思維活潑的日子，被用在最無意義的名爲革命實爲互相廝殺的政治運動中，在自己最不情願做的事情上恰恰消耗了最值得珍惜的生命。不必說在文化大革命中，即使前幾年，當了研究所所長，不知白白地丟失了多少難再的時光。爲了履行所長職務，還要去講自己不願意講的話，寫不願意寫的報告，報告完了還有那麼多無休止的糾纏，眞令人氣悶。時間流走了，逝者永遠不再回來，但沒有人爲我惋惜，只能自己難過。燭光下，想到往昔的日子讓人擺布得那麼久，生命失落了那麼多，竟憐憫起自己來。

除了爲失落時間而難過之外，還爲失落了朋友而難過。無論在北京還是在外地，我都有心靈默契的朋友。這些朋友並不多，但很寶貴。我不能用文字來敘述，因爲能夠作深廣的精神交流的朋友，是永遠無法說清的。如果能說得清，也許就不是眞正的朋友。到了海外之後，天長地遠，各守一方，我才意識到遠離這些朋友是多大的損失和多大的不幸。生活的殘酷，需要朋友的幫助，天性的懦弱，需要朋友的慰藉，思索的心得，需要朋友的切磋。然而朋友卻在遙迢的遠方。那個地方我不能去，那個地方我的書不能出版，投寄到那個地方的信，話不能直說，打到那個地方去的電話，有人竊聽。世界對我的隔絕與監禁，並不是高山大海，而是人類生產的遠比野獸高明的網結。我的同類製造的武器、權力、理念這麼強大，連友情也承受專制。甚麼時候能再見到這些朋友呢？甚麼時候能在故土上共此燭光呢？再見時我們的雙鬢是不是全都花白了呢？是不是會在燭光下彼此感到陌生呢？想到這裡，不免「念天地之悠悠，獨愴然而涕下」。此時此刻，我更喜歡會落淚的蠟燭。

朋友活著還好，倘若朋友死了，像時間一樣流失，永無歸程，那更會是致命的難過。施光南的死，就給我這樣的打擊。我已難過得很久了，而且還將難過很久很久。我知道，這是永遠無法抹掉的憂傷，直到我在地底和他見面的那一天，我還會難過。

不落淚的蠟燭安靜地發著亮光，時間，空間，生者，死者，都在亮光中閃動，夜半之中，常對著閃動的燈光踟躕：應當點著蠟燭回想？還是應當吹滅蠟燭睡下？每想到此，總是自己激勵自己，快吹滅它吧，還是甚麼都遺忘掉的好。

——一九九四年・選自香港天地圖書版《遠遊歲月》

母親的駁難

一九八九年六月初告別母親之後，轉眼又兩年多，此次見到了她，已不是兩年前的她了。她變得那麼瘦，那麼蒼白，而且手還不斷地顫動，只是眼睛仍然還閃射著仁慈的亮光。一看到她這個樣子，我馬上有一種罪感，我知道她是爲我提心吊膽而衰老的。

那一天早晨在北京分別時，她剛從故鄉回來還不到十個小時。聽說我馬上就要遠走，她連忙把從家鄉帶來的一袋蝦煮熟，顫巍巍地端到我的面前。沒想到，就在此刻，朋友不容分說地把我帶走，他們認爲，此時這種近乎綁架的強制帶走，是比母愛更清醒的愛，所以我只好服從。在離開家門的那一瞬間，我看到母親呆呆地把一隻發紅的大蝦提在手上，不知所措。

她本來就很少說話，到了北京之後，因爲只會講閩南語，話就更少了。四十五年前，她才二十六歲的時候，我父親就得了急性盲腸炎去世了。此後她就守寡，數十年如一日地守著對我父親的情意和守著對三個兒子的責任，歲月的艱辛與寂寞從未剝奪過她的堅貞。爲了讓我和我的弟弟活下去，她知道需要靠辛勤的雙手，而不是靠靈巧的嘴巴，因此，她總是沉默寡言，埋頭做工，從種地、砍柴到替人洗衣服。也是從那時起，她的全部神經都和兒子連得緊緊，母子四人擠在家裡惟一的床上，夜間，如果有一隻蚊子降落在我們三個兄弟之間的任何一個身上，她都會感覺到，並會本能地翻過身來，輕輕地拍掉吸血的魔鬼。好幾回了，當她拍著我的臉時，我張開眼睛，見到她微微笑著，把手掌示給我看，那裡有一隻帶血的蚊子。

因爲她的生命和兒子的生命連得太緊，所以她的人生除了伴隨著勞苦與貧窮之外，還一直伴隨著恐懼。我讀小學時，她害怕我被人欺負；我讀大學時，她害怕大躍進後的大災荒會把我餓死；到北京工作後，她又害怕我在文化大革命中被人揪鬥或揪鬥別人。最近這十年，她看到我不斷地發表文章，也仍然充滿不安。當朋友們爲我高興的時候，她除了偷偷藏下我的幾本書之外，照樣地埋頭洗衣服、做飯、拖地板。她從一個母親捍衛孩子的本能敏感到，這些書籍既是兒子的榮譽之源，但也是災難之源。她看到寫書的人一個一個蒙受冤屈和落入黑暗的文字獄，也預感到這種災難遲早會降臨到兒子身上。因此，當《紅旗》雜誌批判我的時候，所有的朋友都感到批判者的可笑，惟有她，感到兇險可怕。這兩年，她所有的預感都得到證實。本能的感覺往往更加可靠。

儘管她的生活一直伴隨著恐懼，但恐懼並沒有把她的正直壓倒。和她同時代的人和後一代人，包括像我這樣的人，在很長的歲月裡也伴隨著恐懼，許多人被恐懼壓得變形了，一副臉孔變成兩副臉孔，不會撒謊的學會撒謊，但我的媽媽一直沒有說過謊話。好幾回了，我正在緊張地寫作，就交代她，如果有電話來通知我開會時，你就告訴他們說我不在家裡。但她每次接電話時，手就微微發抖，支支吾吾說不出口，彷彿在犯罪，痛苦得很。文化大革命中，她和我的妻子、大女兒住在閩西連城第一中學裡，我回家探親時，大女兒正按照老師的佈置寫批判劉少奇的作文，因她年紀小，只是照抄報紙，當抄到劉少奇是「叛徒、內奸、工賊」時，母親卻生氣了，並說：別跟著「瞎說」，劉少奇明明是人，怎會是賊呢。這是我在文化大革命中惟一聽到的一句替劉少奇辯護的公道路。眞是空谷足音。

一九八九年天安門事件之後，恐懼結結實實地降臨了。她開始看電視，注意著我的消息，有一天，終於在電視上看到一部紀錄片，解說詞抄引陳希同「平亂報告」的話，非難我和李澤厚等十幾位學者，其中有一句話說，這些人「從後台跳到前台，煽風點火，赤膊上陣」，母親聽了這句話之後，禁不住對我的朋友說：「這個市長眞會瞎說，再復從來都不赤膊的，大熱天裡他的衣服也是穿得好好的。」她淡淡地反駁之後，再也不看中央電視台的新聞節目了。她知道，那是撒謊的機器。

我的母親不看電視之後，就整天看著窗戶。我和我的妻子、大女兒都到海外了，只留下年邁的母親和年幼的小女兒，她只能和小孫女相依爲命了。小孫女早晨去上學，她就從窗口目送著她過馬路，然後就坐在沙發上呆呆地望著窗戶，等待著小孫女回來。儘管小孫女告訴她，不會有甚麼危險，但她總是不相信。她已當了我父親的奴隸和我兄弟兩代人的奴隸，現在又當了我女兒——第三代的奴隸。雖然她沒有被恐懼所壓垮，但畢竟被恐懼剝奪了青春、健康和精神，只是沒有剝奪她的堅貞與誠實。很奇怪，歲月再殘酷，都不能把她的正直變成彎曲。我相信，她至今一定還在計較，爲甚麼那位市長要說自己的兒子「赤膊上陣」，她怎麼就從來也沒見到過自己的兒子赤膊過。

——一九九四年・選自香港天地圖書版《漂流手記》

「骷髏」的領悟

在駛向彼得堡的船上，我和幾位朋友與李澤厚聊天。他說四年前曾在自己的書架上擺設了一具骷髏。我忘記這是他買的還是朋友送的，但記得決非是他自己製造的。

思想者常常有點怪，這種擺設也怪。但李澤厚沒有向朋友解釋自己的怪想。聊天後的那個夜晚我曾想，如果我也作這樣的擺設，在漆黑的夜裡面對著佈滿空洞的白骨，可能不會覺得怎麼有趣，而且一定會遭到妻子和女兒的抗議。不過，如果在白天的書櫃裡，放置一個骷髏，常常對著它想想，倒確實是有意思的。特別是像我這種已經跨過五十年齡界限的人。

能與骷髏對視與對話，至少會想到，人生必須面對一個鐵鑄一樣的事實：總有一天要變成骷髏。誰也逃不了這個結局，誰也無法擺脫這種命運。那些把自己裝在紀念堂與水晶棺裡的偉人們，以為可以擺脫這個命運，其實，他們也只是包裝起來的骷髏，而且總有一天，連這一層包裝的皮囊也要化作塵土。

歷史並不公平，但有一點是平等的；無論甚麼人，最後都要化爲骷髏。不管現在他是怎樣的飛黃騰達，聲名赫赫，也不管他今天是何等的躊躇滿志，金銀滿箱，即使此刻他手持佈滿寶石的御杖，頭頂不朽的珍珠王冠，到頭來，也要變成一具骷髏，一具甚麼光彩也沒有的、醜陋的乾癟的骷髏。

想起今天如花似玉的美人，名尊位顯的帝王將相和一切擁有無窮財富與無窮權力的大小猛人們都將以骷髏爲最後的歸宿，眞覺得人生如夢，大自然的法則眞是絕對的無情與殘酷。

然而，常常想到這最後的結局卻可以產生力量，甚至也可以產生自愛、自尊、自信，從內心中洶湧起生命的激情：未成爲骷髏的生命多麼美，多麼值得珍惜。趁生命尚存，趕快寫，趕快做。肉體會變成骷髏，生命智慧則未必，它確實可以凝聚成一種比肉體更長久的東西。多少偉大的生命，他們在監牢裡還在思索，還在寫作，殘酷的命運並不能把他們擊倒。這些精神的強者也許正因爲他們想到：壓迫算不了甚麼，頂多是把我早一點變成骷髏，但我的信念和文字卻仍然與活著的生命同在。

還有更多的思想者悟到，此去的生命將化爲一具骷髏，那麼此身尚在時，爲甚麼要背叛自己和奴役自己呢？於是，他們反抗自我背叛與自我奴役，拒絕說假話，說謊話，說爲了鑽入權勢者之心的獻媚話。一個敢於面對骷髏的人，心理總是比較健康和強大的，不那麼容易爲了活命而賣掉尊嚴而扭曲自己的天性與靈魂。我記得詩人艾青說過，因爲人生有限，所以不要說假話。這種判斷，邏輯似乎簡單，但其意義絕非膚淺。

我雖然沒有想到擺設一具骷髏，但是也想到人一定要死的事實。人生總有一了，身外沒有不散的筵席。一切華貴的盛宴，總有一天要散作輕煙，散作塵芥，這一「總了」是難以迴避的。想到這一點，也有如面對骷髏。我喜歡《紅樓夢》中的〈好了歌〉，也與此感悟相關。有這種感悟，對身外之物就自然看得淡，看得輕了。一切好景都會過去，一切「好」終歸要「了」，既然一切都會「了」，生時就該知道甚麼才是「好」。那些眞正好的東西，並不是顯耀一時的峨冠博帶，金彩銀光，而是那些聯繫著自己的天眞天籟的純樸天性，還有那顆與人類道義的絕對命令緊連著的心靈。這些最爲簡單平常的東西是不能丟失的。其他的，在俗眼裡迷醉的一切，都讓它去吧，許多人們羨慕與追求的東西並不一定珍貴。那一切，那一切才是骷髏的洞穴。寫到這裡的時候，大女兒劍梅走了過來，俯首看著稿子，驚訝地說：你怎麼寫這樣的題目。我問倘若你見到桌上有一個骷髏，你想到的是甚麼？回答說：「我想到他活著時美麗的瞬間。」孩子的心是純正的，能知道人生中有一美麗的不被社會病毒污染的瞬間就夠了。數十年的歲月，不過是一個瞬間，如何安排這個瞬間，骷髏確實能給人以啓迪，其啓迪的力量也許並不遜於革命導師們獅子般的呼吼。

——一九九四年．選自香港天地圖書版《遠遊歲月》

秋天安魂曲

——寫於一九八九年秋天

1

此時我只想安慰自己的靈魂。哭泣的天空已經飄遠，夏日令人心悸的風雪已經過去，沒有心靈的死神在千里追蹤之後已經疲倦。我坐在密茨根湖畔，身邊是書本、岩石和楓葉。秋風吹拂，暗夜的星辰在頭上閃爍，我應當安慰自己受驚的靈魂。

2

你的靈魂本來就那麼漂泊無依那麼脆弱無定。你的父親把你拋擲到貧窮山村之後就遠走空漠的冥城，你的守寡的母親也守著瀟瀟的梅雨，只能用柔弱的眼淚滋養你的童年。

踏進校園，你讀書如癡如醉，但你沒有吸進列寧和斯大林的火藥，只醉心於詩與小說。於是從安徒生到托爾斯泰，滴落在你心坎裡的全是溫馨的花瓣。這些花瓣讓你善良，但沒有力量。它不能幫助你在一個充滿鐵血與箭矢的歷史時間中生存，肩膀扛不起太重的黑暗。在需要狼虎的時代，你卻是一隻只會尋找青草與嫩葉的小鹿，你注定是痛苦的，注定要無休止地逃亡，逃離虎豹利刃般的爪，逃離屬於毒蛇也屬於你的變質的故鄉。你不會有永恆的住所，無論是今天或者明天，你都必定要流浪，要在荒漠的深處和歷史的夾縫中尋找家園。走上漂泊的路，你不要悲傷。

3

你酷愛長著稻米與小麥的土地，無論是寒凝沃野，還是暑鎖江邊，你都吹著古榕的葉笛，不倦地唱著故土的戀歌。此時，你對著輕漾的湖波，還用沾滿泥土的母親的語言，訴說著你的連綿心事，本性難改。

然而，你成長了，不單是吹奏天眞的葉笛。你知道故鄉的大地不只是山崗與峽谷，也不只是森林與沙灘，還有母親的懷抱，兄弟的肩膀，姐妹們溫柔的胸脯與身軀。當母親向你伸開顫動的雙臂、姐妹們對你展示愛的微笑時，你才認識故鄉。每一次遠渡重洋的前夕，你都要吻別母親與孩子的臉額，那一瞬間，你意識到你在吻別祖國的大地。因此，當坦克的履帶輾過那一片溫柔的跳動著血脈的大街時，你放聲哭泣了。良心不許你歌唱。你的靈魂從此佈滿傷口也佈滿烏雲。帶著傷口你開始漂泊。漂泊的路遙遠又神秘。漂泊的路上，你只是在撫摸傷口時才讓頭顱低垂，但你從來沒有跪下。歷史用帶血的事件抹掉你最後的浪漫，還擦亮你的蓄滿孩子氣的眼睛，讓你看清楚從前也看清明天。你不會再迷失了，被點亮的靈魂的眼睛和太陽一樣圓，它肯定比你額頭下的雙眼更明亮。

4

你可以高興。當往年的風暴和今年的風暴冷卻了人們的血液，當氾濫的洪水把人性最底層的東西全都捲走的時候，你仍守住體內岩壁似的堅貞，脈管裡仍然保持著人的溫熱。試試你的手，手裡還有熱泉奔流。你不要自卑，你雖然充滿驚慌，但沒有墮落。你雖然像麋鹿那樣從一個草原逃向另一個草原，但你沒有爲了活命，噭噭求饒，謳歌猛獸。靈魂分明如山脈矗立；生命的深谷中依然洋溢著人的熱流。

5

你的眼淚流過了。不要再用淚水來灌溉你的記憶的草地，更不要用怨恨來思念你失去的村莊。

其實你的軀殼就是你靈魂的故鄉。當你離開母親的宮牆第一次漂流到人間時，你母親就爲你的靈魂建構了第一個帳篷，你的軀殼。被你的雙腳支撐的帳篷，就是你靈魂的第一個家園。這一家園永遠伴隨著你，和你一起跋涉天涯海角，負載著你的全部快樂與憂傷。

今天你失去了孩提時代的故園，但你沒有失去你的帳篷和你的弟兄。你的被揉捏的日子早已過去，此時你應創造自己，昇華你的勇敢，繼續你的情思。所有的人生大建築，都是你的肝膽的磚石壘疊成的。靈魂家園的工程師就是你自己。是時候了，用你的骨骼再造你的故鄉。統一的家園已經不在，不要與狼虎爭奪那一片原野，原野之後還有大原野，大原野之後還有無邊無際的海洋與星空。你只是人間的小鹿，只要有水和青草，你就能存活。即使草原上佈滿粗礫的沙石，痛苦再次折磨你，你也會活得很好。你不喜歡謳歌苦難，生怕無意中爲苦難的製造者辯護，但你知道博大的悲情確實是靈魂生長的家園。

6

你記得你童年時代的家鄉嗎？世世代代被貧窮所浸泡，夜裡只有狼虎、蚊子與黑暗。在沒有月光的晚上，你和你的兄弟把螢火蟲放在玻璃瓶裡，製造反叛黑夜的燈光，以後你又獨自用紗線把螢火蟲串成光圈，驕傲地掛在自己的胸前，憑著這一點光明，你照樣走路，照樣讓青春撒滿夜間的田埂與沉寂的峰巒。記住，你兒時的故鄉不是狼虎、蚊子與黑暗，而是螢火蟲揹負著的光燄和你自己製造的星辰。故鄉的意義全維繫在這光燄與星辰之中。當有人用故鄉的名義把你推向深淵的時候，當殘暴的生物以祖國的名義把你引向死亡的時候，你不要掉入陷阱。莊嚴地拒絕他們，像兒時那樣，高舉起玻璃瓶裡的光明和胸前佩帶過的光明，拒絕黑暗。

7

兒時的故園遠走了，愛你和被你所愛的友人被滄海隔斷了。你將陷入孤獨。

你要接受你的命運，接受刻骨銘心的孤獨。不要期待鮮花與掌聲，不要期待兄弟爲你設計生日的狂歡節，不要期待盛宴上的流光溢彩。在良心與榮耀同時放在歷史桌面上的時候，你既然選擇了良知，你就要接受孤獨。自從你接受的那一時刻起，包圍你的就不再是歌舞的歡騰，而是沒有盡頭的寂寞。寂寞爲你鋪開通向歷史深處和內心深處的小路，讓你在那裡尋找無聲的快樂。

你做過那麼多浪漫的夢，群體的夢和個人的夢都是那麼甜蜜。夢能暖人，夢也能傷人。在那個昏黑的早晨，夢的碎片直刺心肺，生命從此斷裂。今天拾起夢的碎片，不是追戀往日的溫柔之鄉，只是爲了紀念與告別。別了，不要再期待縹緲的夢境；別了，不要再期待他人的理解；別了，不要再期待高山流水似的知音。當你走得很遠，走到沒有炊煙的山谷，你注定孤單。惟有正直的山谷能回應你的歌聲，還有你靈魂家園裡的四壁，它永遠對你眞誠。

8

你孤獨時的生命像一片孤島。但是孤島成其孤島，就因爲它被浩瀚無際的大海所包圍，蔚藍色的大海永遠是孤島偉大的朋友。它獻給孤島以萬丈碧波。孤島的根伸到海底，海底的七彩世界是孤島的家鄉。

孤獨生命的心靈由熱變冷，冷靜的生命變得細緻與從容，在從容中，你將重新發現歷史與世界，重新發現柏拉圖、亞里斯多德，重新發現維納斯與蒙娜麗莎，此時，你才眞的發現偉大的精神家園。你感覺到嗎？他們一個一個重新走進你靈魂的帳篷，抹掉你眼角上的塵埃，幫助你打開全部生命的窗戶，然後永遠佇立在你生命內核裡，陪伴著你進行新的航行。你會發現，孤單不僅使你冷靜，還點燃你生命最高的激情。你的被點燃的靈魂，從此將生生不息，一個屬於你的家國從此誕生。

9

夜深了，應當休息了。休息之後好迎接新穎的早晨。時間不會衰老，明天的早晨依舊年輕。

秋天的早晨掛滿清新的露珠，亮麗的中午飄滿成熟的幽香。秋天過後，到處都是皎潔的白雪，雪下到處都是不屈的根群。生命眞的無終無極，靈魂眞的不滅不亡，哪裡有你對大地的眞誠，哪裡就有你的故鄉。

——一九九七年·選自香港天地圖書版《西尋故鄉》

屈力馬扎羅山的豹子

海明威在小說《屈力馬扎羅山的雪》本文之前寫了個楔子，楔子裡叩問了一個攀登雪峰的生命究竟爲了甚麼。他寫道：「屈力馬扎羅是一個一萬七百一十呎的雪山。據說是非洲最高的山。它的西峰叫做『神之屋』。離西峰不遠有一個乾癟而凍僵的豹子屍首。沒人知道這豹子在那高處究竟尋找甚麼。」

這確實是一個生命之謎。自從我遠涉重洋來到異邦的土地之後，常想起這隻豹子。這隻豹子當然不平常。牠一定是大自然的驕子，擁有強大的生命。牠不像人類那麼優越，在攀登險峰時可以攜帶水、糧食、槍枝、眼鏡和器具。牠甚麼也沒有，只有孤身獨膽。牠繞過多少懸崖峭壁，迎接過多少狂風暴雪，我們無從猜想。令人驚訝的是牠終於走上人跡罕到的西部峰頂，然後永久地躺臥在白雪中。牠沒有死在路上，即使死於中途，也是可敬的。然而，牠只是一隻豹子，沒有另一種生物或同類中另一生命會收埋牠和謳歌牠。牠走得太高遠，注定是寂寞的。能出現在一個偉大作家的筆下，完全是偶然的。

牠到底想尋找甚麼？因爲我寫過〈尋找的悲歌〉，對於牠究竟尋找甚麼特別感興趣。好多年了，心思一直抓住這隻豹子的靈魂。我相信這隻擁抱雪峰的豹子一定有一種人間智力還察覺不到的靈魂。牠是在尋找食物嗎？庸俗的眼睛大約會這樣看。牠是尋求丟失的同伴與兄弟嗎？如果是，牠是一種多麼有情的生命！但是，在山頂上怎麼會有像牠一樣勇敢的生命也走得那麼遠，值得牠如此獻身如此尋找呢？那麼牠尋覓無上的光榮與無上的地位嗎？牠也像人類那樣知道佔據頂峰是一種榮譽並且由此可以讓萬千同類抬頭仰望和俯首膜拜嗎？豹子恐怕沒有人類那麼複雜，牠的強大生命一定是單純的。

我想了足有十年之久。直到最近，我到處遠行，跋涉落磯山，穿越大峽谷，一次一次撫摸大西洋的洪波和高天的白雲，才想到這隻豹子也許和我一樣，雖然唱著尋找的悲歌，其實並不尋找甚麼。光榮、光彩、光輝、高峰、險峰、奇峰，紅霞萬朵，風光無限，沒有一樣是我著意尋找的。無論是浪跡天涯，還是放情海角，我只是想走一走。走就可以拓展自己的眼界和擴大自己的生命，僅此而已。每次眼界擴大時，就會從心的深處感到由衷的大喜悅。在擴展的瞬間，我感到生命在變，在豐富，在朝著美的境地飛升，並隱約地感到新的美的顆粒在自己的心靈中滴落，彷彿還發出清脆的響聲。多積澱一點美，就離骯髒的泥濘遠一點。少受醜的牽制，心內就多些自由。我一再說，幸福就是對自由的體驗。

前三年就在漂流的路上，一位北京好友告訴我，說他剛剛見到冰心老人。老人把我的《漂流手記》每一篇都讀了。見面時，冰心唸了林則徐的詩句：「海到無邊天作岸，山登絕頂我爲峰。」朋友對我說，這也許正是對你的激勵。我立即否認，因爲我沒有佔頂爲峰的雄心，而冰心老人也不會這樣期待我。她對我很了解，在她八十九歲高齡而進住北京醫院時，還爲我的散文集作序並表達了她對我的理解。她說，你的散文可以用你自己的一句話來概述：「我愛，所以我沉思。」我感激老人這樣了解我。

眞的，我生命的一切現象都源於愛：我的沉思，我的寫作，我的苦痛，我的歡樂，我的告別，我的漂流，全都源於愛，源於我酷愛陽光下美的生命，酷愛洋溢著歌聲與故事的土地、山巒、河流和白雪。

屈力馬扎羅山上的豹子，一定也酷愛這一切，一定酷愛雄奇的山巒與閃著銀輝的白雪。

——一九九七年．選自香港天地圖書版《西尋故鄉》

思想者種族

我五次到巴黎，竟有四次走進羅丹博物館，而每次進入，總是走到〈思想者〉雕塑之前，呆看著，看得很久。

第一次來到〈思想者〉雕塑面前是在一九八八年初。我作爲中國作家代表團的成員首次來到法國，而劉心武已經是第二次了，因此他當我的嚮導，並把我引入〈地獄之門〉和帶到這位沉思者之前。我在畫冊裡早已熟悉〈思想者〉，但是，第一次見到這一〈思想者〉的原作時，竟激動得眼淚簌簌流下。一九八九年之後，我第二次來到〈思想者〉面前，照樣又是激動得難以自禁。我覺得他就是我，他就是我的兄弟。在數不清的久遠年代裡，我們同是一堆無言的石頭，這石頭群中的一塊，被法國的一位天才所塑造，便成了他；另一塊則被東方的一位普通女子所塑造，成了我。還有許多石頭塑造成其他的思想者兄弟姐妹。

每次從〈思想者〉面前離開，我就會對自己說，我來到我的種族部落。〈思想者〉不是一座雕塑，而是一支種族。在廣闊的藍天下有一支奇特的種族，就叫做思想者種族。它散布在世界的各個角落。這支種族沒有國家，沒有偏見，但有故鄉和見解，他們的故鄉就在書本中，就在稿紙上，就在所有會思索的人類心靈裡。這一種族，是精神上的吉普賽人，他們到處漂泊，穿越各種土地邊界流浪四方。我知道我就是這支種族的一員，所以深深地感謝一個名字叫做羅丹的大藝術家，他爲我們的種族留下了永恆的圖騰。

我知道歷史上所有的暴君都歧視和仇恨這一種族，他們把這一種族的弟兄關進牢房，推入牛棚，送上絞刑架，放逐到陌生的難以生存的大荒野。在現代的文明世界裡，還有到處漂泊的沒有家園的這一種族的兄弟。但是，沒有一個暴君有力量消滅這一種族。當他們用暴政的裝甲車從思想者的身軀輾過去以後，這一種族總是發出更加響亮的聲音。暴君暴臣們可以剝奪這一種族的一切權利，但無法剝奪他們最寶貴的財富，這就是他們的思想。

不過，暴君暴臣們畢竟有機槍、巴士底獄、西伯利亞和古拉格群島，因此，這一種族雖然還強大地存在著，但畢竟要經受無數的苦難，直到現在這種苦難還沒有結束，所以，我和我的兄弟還要不斷地發出「讓思想者思想」的請求，而請求總是要付出巨大的代價，常常是從身軀到靈魂遍體鱗傷。

然而，每次見到〈思想者〉之後，我都贏得一種信念。我相信思想者種族永遠不會滅絕。即使世界處於昏暗的末日，思想者還會去爭取明麗的早晨。在思想者的身邊固然是地獄之門，但是，地獄並不是專爲思想者準備的，如果專制者擁有力量把所有的思想者都送入地獄，那麼，這個地獄一定連同世界一起崩潰。只要人類社會在，思想者種族是不會滅亡的。

——一九九七年・選自香港天地圖書版《西尋故鄉》

聽濤聲

我很喜歡聽大海的濤聲。童年時代不在海邊而在山邊，聽不到海濤，就聽松濤、柳濤、楓濤。故鄉大森林的節拍，使我從小就愛詩與音樂。

出國之後，無論是在瑞典的波羅的海海岸還是加拿大的維多利亞海岸，我都喜歡在岸邊尋找一塊渾圓的石頭坐下，極目滄浪，獨自享受濤聲。我特別喜歡月明星稀的夜晚，那時萬籟寂靜，空曠無邊的天地間惟有濤聲，時間與空間全凝聚在波濤之上。濤聲有如萬馬的蹄跡，從遙遠的古戰場直奔今天，一直奔馳到我的腳下，然後在大地的岩壁上和我的胸脯中拍擊出鼙鼓一樣的響聲。我的生命之歌需要這種聲音的伴奏。

我常聽泉聲溪聲，也常聽江聲河聲，但是我最喜歡聽的還是海的濤聲。一聽這濤聲，就神旺氣旺。記得一本史書上這樣描述過科學家牛頓，它說一聽到牛頓的聲音，就知道他是一頭獅子。我一聽到深沉的濤聲，就知道它發自一個天地間最偉大的胸襟。

走出國門之後，我彷彿覺得自己不是走向世界，而是走向歷史——走向歷史的深處。我走到每一個地方，都把生命投進歷史，然後在生命與歷史的交接處領悟人生。而這濤聲，又彷彿是我的使者，它總是把我引向時間的深處與空間的深處，如同把但丁引向歷史深處的貞純的貝蒂婭。惟有大海的波濤歷盡大自然的滄桑，覽閱過人類無數朝代的興亡。它積澱下歷史，而不被歷史所埋葬。

聽濤聲時發現歷史也發現自己。在聆聽的時刻，我感到自己不僅可以像大海那樣自由呼吸，而且可以把心胸伸展得和大海一樣遼闊。遼闊得可容下星辰與日月。一顆擁有萬里碧波萬重山嶽的心靈是莊嚴而不可褻瀆的。波浪的每一起落，濤聲的每一節拍，都在呼喚我的尊嚴，提醒我在天空下抬起頭來，在人類精神的土地上站立起來，像大海一樣自由地揚起它的無限波瀾。

有一次在加利福尼亞海岸的沙灘上，我坐著聽濤聲聽得發呆，妻子到處找我。見到妻子，我請她坐下，此時，我突然產生一種向她傾吐的慾望，並立即問她，妳發現了沒有？濤聲把我們帶到很遠很遠的地方，我們已經遠離一個時代：一個心靈被褻瀆的時代。我們的心靈已被褻瀆得太久了，必須在濤聲中抹掉它的陰影與污跡。在生命之旅中，每次聽到那些自我顯耀的空話與謊言就有心靈被褻瀆的感覺。被褻瀆久了，一旦從被褻瀆中覺醒，就嚮往心的乾淨，像貞女被褻瀆後想沖洗一下身子，然後求個安寧的坐處，忘掉被褻瀆的恥辱。我喜歡聽濤聲，與這意思相去不遠，就是希望遠離人間的那種種褻瀆心靈的噪音，在大海的一章一節中重悟人生的尊嚴。

我眞喜歡聽濤聲，我的音樂耳朵是粗糙的，但我的心靈耳朵卻很靈敏，它懂得愛這大自然壯闊的天籟，傾聽一輩子也不會疲倦。

——一九九七年．選自香港天地圖書版《西尋故鄉》

陽光，陽光眞好

在冬日的陽光下，讀著書，翻閱著遙遠的過去，聽著柏拉圖的對話，想著蘇格拉底的命運，突然，我把書放下，凝視著投射在草地上的陽光。

陽光，陽光眞好。有陽光，生命就不會失敗。蘇格拉底並沒有死，在我的思索世界裡，他的骨骼和思想都很堅硬。兩千年前的群眾專政者把他送進牢獄又把他處死時，一定想到，從此，蘇格拉底的名字連同他的「善出於知」的命題將永遠被埋進地下的棺木，永遠消失在黑暗中。

然而，兩千又三百九十九年過去了（蘇死於公元前三九九年），蘇格拉底還活在陽光中。就在我的手上，陽光照著書頁，照著蘇格拉底的名字。太陽光下，凡有文字的地方，都有他的名字。他的名字被不同民族發出不同的古怪的聲音。

偉大的哲人永遠不會死亡，也永遠不怕各種可怕的罪名。蘇格拉底的弟子柏拉圖的理念，在我的故國變成「反動唯心論」和「奴隸主地主資產階級唯心論」，然而，把思想送上審判台的人，一個一個都比審判台低矮。陽光總是先照臨絞刑架上的「罪犯」的聖潔，然後才照出審判者的渺小。柏拉圖並非終極眞理的擁有者，可是他擁有學人的正直。對於眞理的追求者，是不應當任意侮辱的，更不能給他帶上魔鬼的高帽。當我的處於革命狂熱中的祖國用骯髒的水往偉大哲人們身上潑撒時，我為我的祖國感到難過。我並不完全接受柏拉圖的理想國，但我尊重它。此時，我看見陽光也照著柏拉圖的名字和他的夢中王國。他的理想國中的缺陷，只能用陽光去照明，不能用髒水去塗抹。

一切思想者的思想都是在陽光中展開的，他們注定是光明磊落的，注定必須向社會公開他們的思維。因為他們的思索本身常常懷疑過去和現存的一切，因此，他們本身也會引起懷疑，爭辯是不可避免的。但是，爭辯也應當是在陽光下進行的。無論是寡頭專制者還是群眾專政者，他們的錯誤就在於蔑視陽光與禁止陽光，總是慫恿黑暗的動物以暴力的方式來阻擋思想者思想，抵制思想在陽光下傳播。但是，這些暴力總是像空中的風暴，只能一時地遮住陽光，用不了多少時間，太陽照樣會從大地升起，光明照樣會降臨在高山、海洋和原野。了解自然史與人類史的人都知道，陽光是無敵的，在陽光下正直思索著的哲學家是無敵的。暴力可以使思想家痛苦，但不能把他們征服。想到古希臘，想到今天，我沒有再拿起書本，而是拿起筆，又繼續寫著自己的手記。身邊有陽光，有空氣，我的文字就會像植物似地蓬勃生長。

陽光，陽光眞好。

——一九九七年·選自香港天地圖書版《西尋故鄉》

西尋故鄉

1

離開故鄉之後，我又在尋找故鄉。

我尋找的不是地理意義上的故鄉，而是情感意義上的故鄉。地理上的故鄉一打開地圖就能找到，而尋找情感上的故鄉，卻行程無邊，道路漫漫。

2

剛剛墜地時就尋找，並找到我的第一個故鄉，這就是溫暖而布滿芬芳的母腹。我在母親的腹中吮吸了最原始的生命激情，然後長出雙翼，飛向人間。第一個起點就規定了故鄉的意義。故鄉，就是愛，就是那個用愛緊緊包圍著我而我也用愛緊緊地擁抱著她的地方。

3

我的第二個故鄉是父親的肩膀和身軀。當我在母親的乳汁灌溉下生長出可以蹣跚走路的雙腳時，就以微笑選擇了另一片土地。我的父親匍匐在地，讓我爬到他的背上，像溫和的老牛任我驅馳。母親說，她第一次聽到震撼肺腑的笑聲，就在這一時刻。我太高興了，指令充當牛馬的父親站立起來，然後讓他把我舉上肩膀，我在高高的父親的肩上第一次把眼光放得很遠，看到天穹的寥廓和大地的浩茫。父親的脊背與肩膀成了我的磐石般的第一記憶。以後想到祖國，就想到父親的肩膀和脊樑，那個願意讓兒女當作牛馬、爲兒女負載著全部歡樂與渴望的就是祖國，具有永恆慈父意義的就是祖國。

祖國，是我的最可靠的父親的肩膀。

4

美國作家托馬斯・沃爾夫說：「人生最深刻的追尋，是對父親的追尋，這不僅是一個血緣關係上的父親，而且是一個力量和智慧的化身，一個外在的、超越了他的飢渴的可以將他生活的力量和信念統一起來的形象。」精神生命的象徵，人生長河的源頭，把你高高托起的力量與信念，這才是父親。人類從埃斯庫羅斯的《俄底浦斯王》開始，就展開了對父親的尋找，命運之謎永遠連結著那一個首先把你拋入人生大海的生命之父。

我在年幼的時代就失去父親，連父親的照片都沒有。因此，我從少年時代開始就一直把祖國當作父親。進入青年時代，我又從魯迅的「俯首甘為孺子牛」詩句中得到關於祖國的意義，知道祖國充當兒女的牛馬，用自己廣闊的肩膀為兒女鋪設人生的黎明之路是不會感到羞恥的，人類的慈愛之心永遠和太陽一樣光榮。我固執地把祖國的概念和牛馬的概念疊在一起，並喜歡毫不顧忌地指責祖國的錯誤。因此當我發現那些以祖國的名義把自己的孩子當作牛馬，把優秀的兒女送進牛棚，用韁繩和皮鞭對準敢於直言的兄弟時，我大聲抗議：皮鞭、鐐銬、牛棚與坦克的履帶不是我的祖國，我的祖國是仁慈的父親，是那些把孩子擁抱在懷裡和把孩子舉得高高的父親。

5

我的生身父親早就去世了，而我的母親已經蒼老，然而，我永遠感激他們。他們是教會我故鄉意義的第一雙老師。是他們告訴我：故鄉就在一切和平的、溫柔的身軀裡，就在一切你愛她、她也愛你的心靈裡。為你枯萎的母親的白髮，讓你枕著頭顱的妻子的懷抱，把你雙唇上的苦味化作甜蜜的女兒的臉額，使你在傾斜的山坡上行走感到安全的兄弟的手臂，替你洗掉一切傷痕的朋友的目光，容你終身在心頭繚繞的愛的歌聲，就是你的故鄉。祖國也不神秘，祖國就是愛的故土和陽光的故土，當潮乎乎的黑暗包圍著你的時候，突然一束陽光照明海岸，那陽光，那海岸，就是你的父母之邦。祖國永遠承擔著父親的意義和太陽的意義，那些失去父親意義的祖國不是祖國。當那些被稱作祖國的地方失去父親和太陽的意義時，我們就要從書本裡、大自然裡和人類各種偉大心靈裡感受陽光。那些把陽光照耀到你的心內重新爲你點燃一朵朵生命火燄的，正是你的祖國。你的祖國就在你心愛的書頁裡，就在你跋涉沙漠而充滿飢渴時迎接你的綠洲裡，就在世界被醜惡所扼制時卻爲你展示繽紛五彩的藝術畫廊裡。

在遠遊的歲月中，父親的靈魂一直在提示我：勇敢地展開你的生命，人類文化的偉大肩膀永遠不會崩潰，他們像落磯山、像阿爾卑斯山、像珠穆朗瑪峰一樣堅實可靠。中國與世界的傑出兒女都是站在這一偉大肩膀上的巨人。不要忘記這一肩膀，不要忘記這一偉大的故鄉。你所以會感到無依無助，你所以會爲失去故土而驚慌失措，就因爲你遠離了這一偉大的肩膀。

父親的提示使我年輕。使我像兒時一樣，總是張開好奇的眼睛尋找提供生命滾爬的原野與鄉野，從一座森林走向另一座森林；又總是敞開靈魂的窗戶，在書頁裡吸收乳汁與星光，從一個天才的山脈走向另一個天才的山脈。

6

我的確驚慌失措過。一九八九年夏季，當我在芝加哥大學校園散步的時候，常常迷路。因爲主宰著我雙腳的常常是歸家的目光。然而，正是在密茨根湖畔，西北大學出版社發行的波蘭詩人維托德·貢布羅維茲的日記走進我的生活。這位詩人提醒我：你不妨在你自己身上尋找你的祖國與故鄉，不要忘記世世代代被時間的激流所選擇的最迷人的詩篇就積澱在你的身上。祖國早就化作你人性的顆粒，並流淌在你的筆下。最美麗的字眼已被盤踞在故土的政客所撕碎，祖國和故鄉只能躲藏在人性的角落裡呻吟，不要忘記這個角落就在你身上。一九五三年新年前夕，當波蘭的流亡藝術家們在一個聚餐會上爲失去家園和祖國而長吁短歎的時候，他對這些漂流者說：「節日臨近，你們喜歡用淚水來澆灌記憶的花圃，你們喜歡用歎息來緬懷失去的故土。別這麼愚蠢或脆弱了，學會如何擔起自己命運的重負吧。別再令人作嘔地哀輓那業已失去的格魯齊克、皮奥特克沃或比爾戈拉的美麗。要知道你的故土既不是格魯齊克，也不是斯捷涅維茲，甚至連波蘭本身也不是。打起精神面色羞紅地想想看你的祖國就是你自己！……人除了住在他自己之中，他還曾居住過別的甚麼地方？即使你身處阿根廷或是加拿大，那你也是在你的家中，因爲故土不是地圖上的一個點，它是人活著的本質。」

貢布羅維茲一下子掃掉我心中的迷惘，點燃了我尋找故鄉的眼睛。原來，祖國與故鄉就是自己的生命之核。永遠像太陽一樣發射七彩光波的生命之核就在胸脯的深處。當宮廷御苑把自己打扮成祖國的時候，當日落時分大群的蚊子以故鄉的名義吮吸你的熱血的時候，你竟然糊裡糊塗地遺忘你的生命之核，忘記祖國的全部溫馨就在你汩汩流動的血脈裡，難怪你會喪魂失魄。

7

還有一個偉大作家，始終叩問著存在意義的薛西弗斯神話的創造者加繆，也在這個時候走進我的靈魂。

我在華盛頓公園荒疏的草地上讀著他的《鼠疫》。我被他所描述的瘟疫嚇壞了，然而大瘟疫使我明白：當你謳歌你的土地時，你要記住，這是因爲這片土地不僅誕生了你而且肯定你的存在，正像你的母親和父親誕生了你而且時時用生命肯定和保衛你的存在，你才擁有愛的理由。而當瘟疫在地上洶湧時，鼠難就要吞沒你的靈魂，你則必須離開這一片土地，不要因此喪魂失魄。加繆擲地有聲地呼喊：告訴那些喪魂失魄的人們，應當去尋找眞正的故鄉。眞正的故鄉是在這座窒息的城市的牆外，在山崗上那些散發著馥郁空氣的荊棘叢裡，在大海裡，在那些自由的地方，在愛情之中。

加繆知道只有那些能肯定你存在意義的地方，那些給你的生命以陽光以溫暖以自由的地方，才是眞正的故鄉。而那些帶著滿身病菌的老鼠，牠們不僅要毀滅城市而且要毀滅創造城市的生命，牠們有甚麼權利以故鄉的名義命令活生生的生命去作死亡的祭品？

8

我感謝貢布羅維茲，感謝加繆，也感謝恆久地矗立在我心中的曹雪芹，在我揹著《紅樓夢》浪跡天涯的歲月裡，是他時時在提醒我別再「反認他鄉是故鄉」。

你的故鄉不在你現實的地上，不在你此生此世暫時的居所裡。你被歷史拋入人間，只是瞬息。你只是匆忙的過客。你的故鄉在遙遠的深處，你的歸宿也在遙遠的深處。你從哪裡來？你到哪裡去？你的文字在度過綿綿時光之後最終會落入哪個心靈——你終極的家園？曹雪芹認定故鄉沒有時間的邊界也沒有空間的邊界。哪裡能讓你的愛得到灌溉與棲息，哪裡才是你的故鄉。

賈寶玉的故鄉不是門口蹲著兩隻石獅子的父母府第，不是雕花刻玉的大觀園，而是洋溢著眼淚的林黛玉的心靈。只有那個蓄滿著愛的地方才是故鄉，只有那個在你靈魂乾旱的時候給你泉水和露珠的地方才是故鄉。當賈寶玉和林黛玉第一次見面時，賈寶玉就說，我們見過。眞的，在遙遠的時間與空間點上，在原始的故鄉中他們就相愛過。賈寶玉，赤瑕宮神瑛侍者，曾經澆灌過靈河岸上三生石畔那一棵後來變成林黛玉的絳珠草。他們的故土在西方的靈河岸邊，最初賦予林黛玉愛的甘露的是林黛玉的情感故鄉，也只有林黛玉才是賈寶玉愛的搖籃。林黛玉死了之後，賈寶玉便喪魂失魄。因爲他丟失的是一個被愛積澱了千秋萬載的家園。

賈寶玉出家了。他一定要走出家門，重新尋找他情感的故鄉。是回到青埂峰下、靈河岸邊？還是另一個更縹緲的世界？他到哪裡去，永遠是個很美的謎。《紅樓夢》之美，就在於它無始無終，無邊無際，無眞無假，無善無惡，它是一個美麗的大自在，它對故鄉的幽思拂去我濃冽的鄉愁，激發我去尋找永遠的樂土。然而，行程無邊，道路漫漫。何處是生命船隻停泊的地方，沒有答案。只知繼續尋求，只知告別一個地球東南的圓點，卻贏得天宇浩瀚，四面八方。四面八方都有青青的芳草，天宇內外，到處都有我心愛的故鄉。

——一九九七年・選自香港天地圖書版《西尋故鄉》

苦汁

大女兒劍梅誕生在距離她外婆家只有五里路的詩山南僑醫院裡。妻子的老祖母一聽到娃娃出生的消息，就立即帶了一杯用蛇膽泡好的苦汁，拄著拐杖，趕到醫院裡，然後不容分說地灌進我女兒的口裡。剛剛出世的劍梅，吞進這杯苦汁之後，頓時放聲大哭，哭得把整座產房都驚動了。

後來老祖母告訴我，蛇膽雖苦，但能消毒，孩子一生下來，讓她嚐點苦汁將來就一身乾淨。此事已過去二十七個年頭了，但每次想起老祖母，總是想起她老人家的心願：人生再苦，社會再髒，自己的子弟總應當是乾淨的。

今年春節，妻子跨洋過海回故鄉，並去祭奠已故的老祖母的墳墓。老祖母活到九十三歲，是村子裡年齡最長、也是最受敬重的老人。她一生清白，滿身清氣，死時房子裡還點著一炷清香。當妻子回憶她老人家時總是掉淚。也是在這個春節，劍梅接到一張可以告慰老人家心意的賀年卡。這不是普通的賀卡，而是一幅國畫。贈畫的是我的朋友王觀泉，一位正直而且很有才華的學者。他畫的是一個冰清玉潔的小姑娘，朋友把她和我的女兒相比，畫上題著「玉潔冰清」四個字，並用清麗的文字作註：

臨摹一個冰雪女孩送妳，因妳像她一樣清新、可愛，或說「玉潔冰清」是妳性格的一部分，以此作賀卡，也算我們「老」朋友對妳的回贈吧；妳每封信，每張賀卡，都帶給了我以溫馨與清氣。

我的女兒非常高興，在紐約接到之後特地轉寄給我，並說，我不會辜負伯伯們的心意，我雖在攻讀博士學位，但不會像爬蟲在名利的高牆上爬行，你放心。我看了不僅高興，而且立即想到應告慰萬里之外正在地母懷裡長眠的老人。可是，我身在異國，慈者又在縹緲的仙鄉，此心此情不知該如何寄託？無計之下，想到應把這張畫鑲在鏡框裡，這便使我又想起二十多年前的苦汁，並確信女兒能獲得「玉潔冰清」的禮讚，眞的和她一墜地就嚐了苦汁有關。不管怎樣，老祖母的至親至愛的信念是對的：一個有出息的生命，她要燦爛地站立於世界之前，首先應當是乾淨的，而要乾淨，最好先飲一杯人間的苦汁。

因爲妻子懷念老祖母時，常講這個故事，所以苦能洗滌人生的意念總是在我的腦際裡盤旋。這種盤旋，使我更容易和痛苦而乾淨的心靈相通。雖然自己不能達到「冰清玉潔」的境界，但是，有了這一意念，總是離名利場遠些，至少，總是嚮往乾淨之所，不會忘記「冰清玉潔」畢竟是種眞價値。也因此，我總是不敢跟著聰明人嘲笑「純潔」，倒是對溢滿人間的「髒水」保持警惕。也因爲這種意念，我便覺得以往的勞動鍛煉並非全是虛度。在社會底層中，了解民間的疾苦，受過折磨和流過眼淚，也像嚐了膽汁一樣。這種膽汁，眞的幫助我拒絕許多上層社會的污濁和誘惑，在人們沉湎於用美酒灌潤咽喉和燒傷良心的時候，我因爲有這一杯苦汁墊底，眞覺得身上清潔健康得很多。因此，我在譴責把勞動作爲懲罰制度的時候，並不厭惡勞動，更不後悔自己曾經飲過許多像膽汁一樣的苦水和淚水。

——一九九七年．選自香港天地圖書版《西尋故鄉》

別外婆

最後一次見到外婆是一九八八年春節，那時她已是九十高齡。見面後不久她就去世了。母親告訴我，外婆臨終前一直唸著我的名字。外婆給我的情意如山高海深，但我只能報效她幾滴很輕的眼淚。

在最後見到她的那一天，她躺在小屋角落裡的小床上。那是我的母校國光中學的教師村落的一間小屋，我的外婆因爲一直跟著當教師的兒子和媳婦，我的舅父和舅母，才能贏得這個兩米長的安靜的角落。

在角落裡，我看到從外婆深深的皺紋裡泛起的一絲微笑，這一絲幾乎看不見的微笑表達了她的全部喜悅。我從小就能從她的前額讀出她的整個心靈。她話極少，必須讀她的皺紋與微笑。我拉住外婆的手，她的手乾瘦但仍有暖意。和外婆在一起，就想到年少的歲月。自從我七歲失去父愛之後，外婆的溫情就護衛著我的童年。上中學時，我又在舅舅任教的學校裡讀書，也因爲外婆，少受了許多飢餓。她總是把舅舅家好吃的東西，留一碟給我，像外祖父在世的時候，留一小碗米粥給那一隻心愛的小貓。一晃三十年過去了，我面對外婆，覺得沒有辜負她老人家。這並不是因爲我已有了名聲，而是因爲三十年歲月的激流，沒有沖走我的曾在外婆懷裡跳動和酣睡的童心，這顆心沒有掉進遍布中國大地的糞坑。

那一天，外婆一句話也沒說，只是呆呆地微笑著。我知道她很高興，她留給我的最後印象是快樂的。她不願意讓我牽掛。我的外婆沒有文化，但她卻和我的外祖父一起培養了一群有文化的子孫。她的後代，已有十幾個教師，從大學到小學都有。她有根深蒂固的人生責任感，但她唯一的責任感，就是愛，天然的、無邊的愛。她把這種責任推到很遠很遠的地方，不管我和我的兄弟姐妹走到多遠的天涯海角，都感受到她的愛。我這次見到外婆時，便想到人世間像外婆這種把愛當作唯一責任的人，愈來愈稀少了。陽光還在，但世界顯得愈來愈寒冷。我覺得，自己倘若要讓外婆感到欣慰，就是要把外婆給予我的這一責任基因，蘊藏在心底，讓它不斷生長，永遠也不要學會冷漠與仇恨。

走出外婆的小屋，妻子瞥了一下我的潮濕的眼睛，她知道我又傷感了。眞的，在我踏出門檻的一刹那，我想到，這一定是最後一次和外婆見面，以後再見到她時，也許她不是在小床上，而是在墳地裡了。我將不能再撫摸她的額頭，只能撫摸她墳墓上的碑石和泥土。她的深藏於皺紋中的慈祥的微笑，再也看不見了，看到的只會是墳邊的青草。想到這一切，想到剛才她手中給我的太陽般的溫暖就要消失，我傷感了。人生這麼短促，許多消失的將永遠消失，絕對無法挽回。此去的路上，該不會愛我的人愈來愈少，恨我的人愈來愈多吧？也說不定，因為我的故土，並不適合那些把愛作為唯一責任的人存活發展，在外婆晚年的二、三十年歲月中，我的耳邊充滿著討伐愛的聲音。

想到這裡，我回過頭去最後看了一下外婆，她雙眼緊閉，不願看到我踏上路程，她知道，我要前去的大北方雖然廣闊，但充滿風雪與黃沙。

——一九九七年・選自香港天地圖書版《西尋故鄉》

玩屋喪志

買入新房子之後，好長一段時間，我一直沉浸於快樂的亢奮之中。

搬進來的前一天晚上，我就獨自上街買油漆，然後連夜把屋內四間房的牆壁全部刷新。速度之快，叫菲亞和小蓮大爲驚訝。對著看呆的妻子和女兒，我驕傲地說：在五七幹校鍛煉那麼多年，不是白活的。但是，說實在話，在幹校的幹勁，從來沒有這麼大過，更沒有這麼興奮地幹過。

刷完牆壁之後，我們就搬家。搬家之後，就忙於買家具，裝併書架、櫥櫃、桌椅，速度之快又令妻子女兒驚訝。儘管快，大約也花去兩個星期的時間。屋內的事忙完之後，便沉醉於屋外的修整陽台和草地。

好友呂志明勸我，陽台最好還是開春之後再修。可是，我心急，從窗口看到陽台上的舊欄杆，總覺得礙眼。一座新房子怎麼可以容忍這麼一座破陽台，於是，在冬日裡就著手改造修整陽台。爲了修整，我又購買了各種工具，從斧頭到鋸子，從鉗子到鑽頭，僅僅釘子一項，就有十幾種類型。志明兄原是物理學博士，現在已是專家了。他順應我的意願在冬日裡和我一起改天換地。他心靈手巧，我在他的指揮下做著小工，時而鋸木頭，時而取釘子，時而上街買零件，也忙得渾身是汗。最後一道工序是粉刷，我們選擇的是淡橘紅色。這時，我又拿出五七幹校學到的全部本領，把陽台仔仔細細地重新刷了一遍。科羅拉多冬日的陽光特別明亮，嶄新的陽台在陽光下發出淡紅的光談，像在燃燒。看著自己製造出來的陽台，我簡直高興極了。這是我發表的第一篇創家園的作品，比年輕時發表第一篇詩作還高興。志明兄回家後，我獨自對著窗口欣賞自己的作品，欣賞得好久，愈看愈高興，夜幕降臨了，我才感到肚子餓了。那些天，我眞的廢寢忘食，飯都顧不得吃，哪能顧得上讀書寫書。

修整完陽台，便進入修整草地。草地上的雜草要除，樹杈要修剪，菜畦要開墾，還要買肥料和種子，春天到時更是忙極了，滿地是蒲公英的小黃花，千朵萬朵，要一一拔掉，但不管甚麼活，樣樣都使我沉醉。這時我才知道，修建自己的房屋和草地會上癮，一上癮，才知道原來自己更愛體力勞動。寫作眞辛苦，還是幹點體力活痛快。當初不知道爲甚麼會走上寫作這條痛苦的迷途，當初爲甚麼不選擇修房子、修陽台和修草地這條金光大道？如果不是誤入歧途，怎麼會天天陷入爬格子的苦役中，如果不是誤入歧途怎麼會被那些低等政治生物纏住不放，直到今天他們還在那裡義憤填膺地批判我「自由化」？愈想幹得愈歡，但也愈想愈不對頭。幸而突然想到李澤厚的話，人一上癮就異化，抽煙、賭博、看《紅樓夢》都會異化。我這會兒也異化了。倘若不是異化，怎麼會整整三個月，甚麼書都不想讀，甚麼字都不想寫，只想刷牆、種菜、拔蒲公英。古人說，「玩物喪志」，我在這些日子不正是「玩屋喪志」嗎？

儘管意識到這一點，還是控制不住自己。還是一天到晚牽掛著草地。而且一走到草地上就高興。好幾回大女兒劍梅從紐約來電話找我，小妹妹告訴她：爸爸又在enjoy草地了。大女兒才開始著急，並很認眞地說：爸爸，你眞是徹頭徹尾的無產階級。人家有產階級才不稀罕那一點小房子小草地呢？你還是趕緊坐下來讀書寫作吧，別在屋裡地裡愈陷愈深。大女兒喜歡教訓人，可這回，她的教訓倒使我愣了一下，然後便覺得這個聰慧的傢伙擊中了我的要害。眞的，我是個無產者，而無產者一旦擁有財產，便把財產捏得緊緊，比資產者還興奮。這也難怪，受貧窮折磨得太久了，身上一無所有的痛苦記憶太深了，反而更知道擁有的重要，於是，有了財產之後便緊緊地擁抱住財產。想到這裡，不覺笑了出來，悟到無產者眞的並不是天然的無私者，迷信發財的資產者不對，迷信無財的無產者也不對。

經女兒提醒，我才慢慢又坐了下來，只是，像個剛剛戒煙的人，總還是有點煙癮，所以又是一兩個月，寫作不太專心。在想到「眞理」時總要想到房子。總覺得任何人間眞理都與吃飯和住房有關，實在沒有出息。

——一九九七年・選自香港天地圖書版《西尋故鄉》

學開車

聽說我學會開車，許多朋友都很驚訝。消息竟然傳到北京、香港和溫哥華，我一連收到好幾個電話：「你眞的會開車了！」其口氣均像是聽說我要駕駛宇宙飛船上天了。去年夏天，三弟賢賢一家來探親，我開車到丹佛國際機場去接。弟弟見到我會開車，禁不住想笑，在他看來，我坐在駕駛盤前的形象是滑稽的。其實，我自己也幾乎不敢相信。我對自己有許多期待，但學會開車，絕對是超乎對自己的期待。

朋友和兄弟都知道我的操作能力實在太差，在五七幹校時，大家都學會理髮，就我學不會。而所以學不會，是沒有一個朋友願意拿他們的頭髮讓我試驗，他們都不相信笨手笨腳的我會學會理髮。後來我學會騎自行車也幾乎被視爲奇蹟。這些經驗使我在思考主體結構時變得很具體，我把人的主體結構大致分爲三個系統，即認知系統、情感系統、操作系統。有的人認知系統很發達但情感系統不發達，如某些理論家。柏拉圖大概就屬此類，所以他崇尚哲學家而排斥詩人，主張精神戀愛。有的則情感系統發達而認知系統不發達，如某些神經質的歌星。有些則是認知系統、情感系統發達而操作系統極差，例如好些科學家都不會修汽車，更不用說詩人了。難怪毛澤東要嘲笑知識分子五穀不分，肩不能挑，手不能提。這固然是事實，但嘲笑是沒有理由的，因爲人確實有主體結構上的差異。我就是屬於操作系統極不發達的人，但特別崇拜認知、情感、操作都很發達的「完人」，可惜這種完人難找。

要教會我這樣的人學會開車實在不容易。足足有兩個月，東亞系裡的朋友，從教授到研究生，輪番教我，唐小兵、陳戈、王瑋等。他們不但有好的方法，而且有耐心和勇氣。我自己更需要耐心和勇氣。當陳戈第一次把我硬帶上高速公路時，我不但緊張得滿身是汗，而且很有一點悲壯感。那天夜裡，我夢見自己雄赳赳氣昂昂地走向爲革命獻身的刑場，當了烈士。

教練們最後一項課程是準備考試（路試），拿執照。他們說，美國的警察頭腦簡單，每次路試都是那幾條道。於是，他們就事先帶我在那幾條道上反覆練習，那處左拐，那處右拐，我均記得清清楚楚。可是，考試那天的美國警察頭腦並不簡單，他一開始就指令我往東開去，與我準備好的往西開的路徑正相反。這一下我可心慌了。不過很奇怪，在慌亂中，我竟然按照警察的口令，在一條陌生的路上順暢地東奔西馳，最後又糊裡糊塗地回到原點上。車子剛一停下，我便進入高度緊張，等著警察宣布我是否通過，簡直像等待宣判。「你通過了。」「甚麼？我沒聽清，請再重複一遍。」「你通過了。」美國考官不耐煩。我高興得緊握黑人考官的手，連聲謝謝謝謝。

拿了駕駛執照回家時，我立即遞給母親和妻子看，而且，連聲自我讚歎：「眞厲害！」「眞厲害！」看到我不斷讚美自己，母親用奇怪的眼睛盯了一下，我知道她在說：怎麼這樣自誇個沒完，寫那麼多文章也沒這麼得意忘形過。

我眞的有點得意忘形了。立即帶著妻子在Boulder城裡繞了一圈，然後又在通往丹佛的高速公路上奔馳：眞是不可思議，一切都變了，道路怎麼變得這麼有魅力？Boulder城怎麼變得這麼小？落磯山怎麼變得這麼近？我的手腳怎麼變得這麼靈活？這雙手腳完全可以駕駛自己的命運，完全可以駕駛自己的明天，愈想愈得意。看到得意忘形的我，坐在身邊的妻子提心吊膽地說：「超速了，小心被警察抓走！」回家之後，我才發覺自己一身熱汗，而妻子卻是一身冷汗。

——一九九七年・選自香港天地圖書版《西尋故鄉》

輯三

尋找舊夢的碎片

然而，
我必須面對事實，
面對我的舊夢被撕碎的事實。
儘管被撕碎了，
但我還是要去看看，
至少我可以尋找到一些夢的碎片。

悟巴黎

1

一九八八年我第一次隨中國作家代表團到了巴黎，至今，已五進巴黎了。在世界上的所有城市裡，我和巴黎最有緣份。

我喜歡巴黎，是因爲它的靈魂。我常對朋友說，巴黎是座有靈魂的城市。它的靈魂連著巴黎聖母院的拱頂，連著盧梭、孟德斯鳩、雨果、巴爾扎克的文章，連著達·芬奇、米蓋朗基羅、羅丹、梵高、莫奈們天才的名字。巴黎的靈魂還有厚實的軀殼，這就是羅浮宮、凡爾賽宮、奧賽宮和讀不完的博物館，每一座藝術之宮，都是我心中的太陽城。

世界上有許多城市只有軀殼而沒有靈魂。例如美國的 Las Vegas，就只有軀殼和軀殼裡燃燒的野心和狂瀉的慾望。還有許多城市，靈魂或被權力所壓碎，或被金錢所吞沒，在顯耀著無上權威的帝國王座與帝國銀座裡，只有肉的膨脹，而靈魂則已像荒原似地空空蕩蕩。然而，巴黎的靈魂卻還健在，而且像星空一樣燦爛。只要你心中還有一點美的「靈犀」，一種人類擺脫獸類之後而積澱下來的基因，你就能與巴黎的靈魂相通，並注定無法抗拒它的魅力而傾倒於維納斯與蒙娜麗莎之前。我就是一個癡迷的傾心者，並在傾心中感歎：人類的創造物，竟然如此精采。

人類誕生之後，經受過無數次殘酷劫難的打擊，神經所以不會斷裂，就因爲有這些溫柔而精采的靈魂的安慰。一九八九年夏天，當我穿越悲劇性的風暴，第二次走到維納斯與蒙娜麗莎之前的時候，突然感到一滴一滴的星光落進我的心坎，渾身滾過一股暖流，而且立即悟到：我已遠離恐懼，遠離滄海那邊的顚倒夢想，一切都會成爲過去，惟有眼前的美是永恆永在的。

五十年前，當納粹的強大鐵蹄踏進巴黎的時候，巴黎人也相信，一切都會過去，只有維納斯與蒙娜麗莎是無敵的，她們的光彩不會熄滅，時間屬於至眞至善至美的至情至性者。「天下之至柔可以馳騁天下之至堅」，中國的古哲人老子早就這樣說。這是眞的，沒有甚麼力量可以摧毀藝術，最有力量的不是揮舞著鋼鐵手臂的暴君暴臣，而是斷臂的維納斯，她才眞的是不落的太陽。

在動盪的一九八九年，我確實得到古希臘女神和其他古典女神們的拯救。我從她們身上得到的生命提示有如得到火把的照明。當我看到她們那雙黎明般的清亮而安寧的眼睛，就知道自己已穿過暗夜並戰勝死神的追逐，又回到人類母親的偉大懷抱，用不著繼續驚慌。我在漂泊路上的滿身塵土是維納斯的眼波洗淨的，我的已經臨近絕望的對於人類的信念是在蒙娜麗莎的微笑裡復活的。

就在拂去風塵和復活生活信念的那一瞬間，我想到，如果地球上沒有巴黎，這個星球將會何等減色。而如果人類社會沒有至美至柔的維納斯與蒙娜麗莎，假如連她們也沒有存身之所，那麼，這個世界該會何等荒涼與空疏。我相信，沒有她們，歷史將走進廢墟，世界將陷入比戰爭和瘟疫更加可怕更加悲慘的境地。

我愛拯救過我的維納斯與蒙娜麗莎，愛拯救過我的溫暖的巴黎。對於她們，我將永懷敬意和永存感激。

2

巴黎屬於法蘭西，又不僅屬於法蘭西。倘若要推舉世界的藝術之都，只有巴黎才當之無愧。巴黎是開放的，它總是敞開溫馨的懷抱歡迎人類群體中的精英去加入它的創造。

羅浮宮坐落在巴黎，但宮中的許多天才藝術品並不都是法國人創造的。維納斯出自古希臘的藝術家之手，蒙娜麗莎出自意大利的達・芬奇之手。巴黎珍藏了那麼多畢加索和梵高的無價傑作，而畢加索是西班牙人，梵高是荷蘭人。世界各個角落的人類大智慧都在這裡匯聚，成其靈魂的一角。法蘭西的文化情懷是博大的，她不擅於嫉妒，不擅於說「不」，而擅於伸出手臂去接受一切人類的驕傲，不怕異國的天才會掩蓋她的光輝。

中國血統的大建築設計師貝聿銘所設計的透明的金字塔，就坐落在羅浮宮之中。這是一個充滿詩意的奇蹟。貝聿銘的膽子眞大，他竟然敢在人類心目中最神聖的藝術殿堂裡構築另一殿堂。然而，他成功了。他的透明的金字塔是一種眞正的後現代主義藝術建築，最現代和最古典的美和諧並置，遙遠的時間凝聚在此時此刻透明的空間中。古埃及的文化靈魂在二十世紀重現時，竟是水晶般的明亮。金字塔的尖頂可以把人們的視線引向無盡的天空，不會讓人覺得它佔據了羅浮宮門前那一片有限的珍貴的地面。而且，塔一透明，就不會影響遊覽者的視線，使人們仍然可以看到原有的藝術宮的全貌。何況透過玻璃之牆觀賞羅浮宮的舊建築，朦朦朧朧，又增加了一層歷史感與神秘感。金字塔下又別有一番天地，這樣配置，使本來只是坐落於地平面上的羅浮宮，增加兩個層面：地下的層面與天上的層面，變成一個立體的、引人浮想聯翩的藝術大樓閣，使巴黎的靈魂散發出新的靈氣與奇氣。貝聿銘的名字，成了巴黎靈魂的一部分。由此，我在羅浮宮的噴泉下游思，不僅聽到遠古文明與當代文明的對話，而且總是想到貝聿銘和我共同的故園，想到東方智慧與西方智慧結合時，人間的確更美。

3

巴黎是天才之地，也是凡人之所。它有靈，也有肉。它固然神奇，但不是神話裡的王國。巴黎的靈躲藏在羅浮宮和數不清的書籍裡，當然也在法蘭西人的精神裡。而巴黎的肉則顯露在金碧輝煌的紅燈區，巨大的燈光「水輪」轉動著另一世界的故事。巴黎的靈與肉都有磁力，都能吸引萬里之外的遊客。遊客裡有的是靈的崇拜者，有的是肉的尋覓者。夢巴黎者，有酷愛藝術以至愛到顛狂的癡人，也有嚮往「肉術」嚮往到變態的「肉人」。社會總是不純粹，有各種顏色的共生，有高雅與鄙俗的共存，才叫做社會。在塞納河畔，在艾菲爾鐵塔下，男男女女，都在說笑，白人、黑人和黃種人都在承受今天和追求明天。到處都有生活，到處都有期待。巴黎尊重各種存在方式，並不想用一種存在方式統一其他的存在方式，因此，各種人都尋找慰藉、宣洩，展示靈與肉的處所。社會本來就是這樣，似乎毋須太看破，用不著刻意的謳歌，也用不著蓄意的詛咒，溢美和溢惡都無濟於事。

當一九一五年陳獨秀在《新青年》創刊時發表〈近世文明與法蘭西民主〉時，當他發出法蘭西式的啓蒙呼喚時，是否想到法蘭西也是一個社會？是否想到在豪華的大街裡也有乞丐、娼妓和失業者呢？是否想到法蘭西在推翻巴士底監獄的革命之後並沒有同時建立人間的極樂園？鮮血曾經流了一百年。而當浪漫主義詩人們在大夢破滅之後，是否也想到巴黎也是一個社會，這裡雖有乞丐、娼妓和失業者，但卻有看不完讀不盡的藝術太陽城呢？還有爲人類苦難一直感到焦慮和不安的法蘭西精神呢？

可惜，好些夢巴黎者，竟遺忘維納斯與蒙娜麗莎。他們不喜歡巴黎的靈，只喜歡巴黎的肉。但是，紅燈區的大門是需要黃金的鑰匙開啓的。這一點，浪漫者們常常忘記。因此，他們總是充滿粉紅色的夢幻，以爲巴黎乃是肉的天堂，他們可以像騎士那樣任意馳騁。可是，他們很快就絕望，因爲那裡的「天使」只服從金錢的權威，並不優待革命的詩人。在空中旋轉的、流光溢彩的紅燈巨輪，只管刺激慾望，並不管慾望的滿足。於是，浪漫者感到絕望，由迷狂轉入頹廢。頹廢與革命本是兩兄弟，心路息息相通。於是，頹廢者立即又變成革命者，詛咒巴黎，宣布夢的破碎，然而，所有夢的碎片，都只有肉的腥味。

4

一個有靈有慾的社會，一個有羅浮宮也有紅燈區的社會，這種文明是眞實的，但並不完美。在羅丹的「思想者」雕塑面前，我想到世界最後的歸宿。世界最後是歸宿於羅浮宮還是歸宿於紅燈區呢？在靈與慾的搏鬥中，誰是最後的勝利者呢？我曾把自己的這一思索與憂慮告訴一位法國朋友，但他不能接受我的擔憂。法國朋友的浪漫氣息是很濃的，他指著新建的凱旋門說，那才是我們的歸宿。法蘭西在拿破崙時代建立了第一個凱旋門，紀念戰爭的勝利，而現在他們又建立起第二個更大的凱旋門。友人說，這是維納斯和蒙娜麗莎的凱旋門。世界上到處是坦克和原子彈，但至今沒有把她們摧毀，這難道不值得慶賀嗎？法蘭西人是樂觀的，他們的藍眼睛能看到各種凱旋，從不動搖對於人類的信念。我雖然悲觀一些，但在新凱旋門下也被法蘭西精神所感染，也願意人類文明眞如他們所期待的那樣，最後將布滿美的星辰和愛的星辰。這種凱旋的預言也將支持我不斷前行，不激烈，也不頹廢，只是不斷前行。

——一九九四年・選自香港天地圖書版《遠遊歲月》

純粹的呆坐

好幾個星期天，我和小女兒靜靜地坐在斯德哥爾摩市中心的音樂廳門口，就坐在台階上。純粹呆坐著，沒有一句話，只是呆呆地看著眼前的人群，看著他們在台階下的小廣場買鮮花、買葡萄、買橘子、買蔬菜。

幾位來自大陸的朋友，我帶他們逛街後也帶他們到這裡歇腳，也坐在這台階上，也呆呆地看著走動的人群，看著他們買鮮花、買葡萄、買橘子、買蔬菜。

這些朋友和我一樣喜歡這些乾淨的台階，喜歡在這裡純粹呆坐著與呆想著。沒有說話，只是張開眼睛看著陌生的、走動著的男人與女人，這裡沒有表演，沒有故事，甚至沒有甚麼聲音。一切都是瑞典最平常的人與生活。時間從我們身邊悄悄流過，行人從我們面前緩緩走過。沒有東方大陸裡的喧囂，也沒有北美大陸的匆忙。一個小時過去了，我們坐著，兩個小時過去了，我們還坐著，直到買完菜的妻子來招呼回家，才醒悟到已經坐了很久。

要走了，才與朋友相視而笑，奇怪彼此沉默得那麼久，但都明白，我們不約而同地欣賞一種和音樂廳裡的藝術完全不同的似乎沒有欣賞價値的東西。

因爲愛想事，有時也突然想起，爲甚麼喜歡在這裡呆坐，呆坐著欣賞、享受些甚麼。想想，便悟出自己是在享受一種氣氛，一種過去生活中缺少的氣氛，這就是和平、從容、安寧的氣氛。瑞典也有緊張，也有失業，也有煩惱，但他們生活裡總是擁有一種牢靠的安全感。他們用不著擔心明天會有戰爭發生，會有政治運動發生，用不著擔心突然會被拋入一種神聖名義下的殘酷的互相廝殺的生活，用不著擔心今天說了一句錯話，明天就會受到滅頂之災。這是値得羡慕的。在純樸的瑞典人看來，這是最簡單、最平常、最起碼的人生空氣，是用不著操心的。而我和我的同胞，卻爲此操了許多心，直到今天，還不能放心。

前兩年在芝加哥大學時，聽阿城說，「在大陸生活時，總覺得有種味道不對，而且揮之不去。」這種味道也就是瀰漫於生活的每一角落的人生空氣，到處都有的，怎麼也逃脫不了的社會氛圍。這種氛圍正與我們在音樂廳門口所感受的空氣完全不一樣。我和朋友久久地坐在那裡，其實就因爲自己喜歡那裡的空氣，平靜的、和諧的空氣，沒有硝煙味，也沒有硝煙餘燼味的空氣，更沒有血腥或血腥遺留下的氣味，瑞典已經好幾個世紀沒有戰爭了，也沒有對自己的同胞與兒女的殺戮。

在離開瑞典的最後的一個星期，我還和女兒一起在那排台階上作最後的一次呆坐，此次呆坐時，我心中竟萌升一種期待，期待我和女兒還有女兒的同一代人，有一天也能像瑞典人那樣生活，能把握住今天與明天，能深信明天一定也是和平與安寧，用不著老是高呼口號和高舉戰旗，也用不著老擔心批判、鬥爭與殺戮。我期待我有一天也能坐在故國禮堂前的台階上，靜靜地呆坐，看著流動的人群，欣賞著他們買鮮花、買葡萄、買橘子、買蔬菜。

——一九九四年・選自香港天地圖書版《遠遊歲月》

採蘑菇

到了秋天，瑞典滿山遍野都是蘑菇。草地上，山坡上，樹蔭下，到處都有。一見到這麼多蘑菇，我和妻子一下子就著迷了。採蘑菇簡直太好玩了，比打網球、野餐、釣魚都好玩。我好些天顧不得讀書寫作，天天去採蘑菇，幾乎成了採蘑菇專業戶。

我們居住的屋前就是一座小山林，山林裡到處藏著蘑菇。我們愈採愈有味，愈走愈遠，山林的深處，靜悄悄，我們一點也不怕。

蘑菇有許多種，有的有毒，有的沒毒，我分不清。但妻子興致濃得不許我懷疑。她說，「怕甚麼，小時候我在家鄉也採過蘑菇。你看，這種蘑菇就是蟲吃過的，蟲吃了都不會死，我們人吃了就會死嗎？」「那麼，這些蟲不吃的呢？」「蟲不吃的你可以聞一聞，有土香味的就可以採，有土臭味的而且外表很美麗的就有毒，就不要採。」她那麼自信，好像採蘑專家，我也就放手採了。每一回總是採有二、三公斤重，滿滿的一塑料袋。

採來的蘑菇鋪滿陽台，吃了一個星期，也沒出甚麼事，照樣很健康，於是，膽子更大，採得更多。朋友來了，還請蘑菇宴。從日本遠道而來的高橋信幸先生到我家時，我們也請他吃蘑菇，他連連叫好。告訴他這是自己採的鮮蘑菇，他更高興，走的時候，一直說這一餐太有味道了。前年我到日本訪問時認識了高橋先生，他是高筒光義先生的朋友，並協助高筒先生做基金會的工作，他們資助辦了《學人》雜誌，還想資助辦一所私立大學。我到日本時，他們讓我吃的東西實在太好，我幸而有新鮮蘑菇相報，心裡實在高興。

因爲蘑菇採得入迷，常常不在家，有朋友來訪，小女兒就說：「爸媽都去採蘑菇了。」於是，採蘑菇的名聲就傳出去，一傳出去，可把馬悅然教授和陳寧祖大姐驚動了。見面時，悅然說：「你們應當馬上停止採蘑菇，萬一吃到有毒的可不得了。」我剛想要說我妻子是個採蘑專家，具有分辨鮮花毒草的能力，他卻根本不容分辯地說，絕對不能再去採了。見到他那麼認眞，我只好接受他的勸告，勉強地點點頭。寧祖大姐猜中我仍不死心，就說，前年楊煉到這裡也採得入迷，悅然就讓他搬家了，搬到遠離山林的地方。這麼一說，我才知道入迷的不僅是我和我的妻子。馬悅然教授當時正在全神貫注地翻譯《西遊記》，這是他譯了《水滸傳》之後的第二大工程。每天都盯在電腦屏幕面前，滿腦子是孫悟空的故事，可是，放下孫悟空和妖魔，竟又想到我在採蘑菇。讓老先生這麼擔心，我們也只好克制一下自己，暫時停止了兩個星期的採蘑活動。

兩個星期後又憋不住，又和妻子往山林裡鑽。我們想，馬教授又忙著孫悟空「打魔」，不會知道我們又在「採蘑」。不過，爲了讓他放心，這回我們「只採不吃」，其實，採蘑的樂趣全在尋找與採集的過程。在這一過程中，我倒發覺自己心中也有一個孫悟空，總是好奇好動，總是想跳出來「攪亂世界」。這回碰到一座花果山似的蘑菇山，能不好好玩它一陣嗎？

——一九九四年．選自香港天地圖書版《遠遊歲月》

尋找舊夢的碎片

今年六月中旬，瑞典的「國家、社會、個人」學術會議之後，我和與會的部分朋友一起乘船到彼得堡旅遊。這些朋友包括：李澤厚、李歐梵、李陀、葛浩文、北島、高行健、萬之、陳方正、金觀濤、劉青峰、劉禾、汪暉、高建平、李明等，除了葛浩文及其兩個女兒之外，都是中國人。

中國人特別是中國詩人與學人，對俄國都有一種特殊的情感。歐梵一踏上海輪就感慨：我研究俄國思想史，愛俄國甚於愛中國。與歐梵相比，我們這些生活在大陸的學人，對俄國更是有一種特殊的精神聯繫與命運聯繫：俄國，曾經是我們的夢，曾經是我們的追求與期待。而屹立在波羅的海岸邊的彼得堡，死了的列寧格勒，更是我們的夢中之夢。

在輪船的甲板上，望著滾滾流逝的波浪，一種尋找舊夢的感覺便驟然升起。我知道列寧的名字已被海那一邊的城市與國家拋棄了，往昔的君王彼得大帝的名字又重新飄揚在那裡的高樓與大街。在還沒有尋找到舊夢的時候，夢已破碎了一半。歷史的滄桑如此迅猛，幾乎使我難以置信。我的人生一直連著馬克思的宣言和列寧的革命帝國，當列寧的塑像被絞刑架似的起重機高高吊起的時候，我的心複雜地顫抖著，而當列寧的名字被彼得大帝取代的時候，我的靈魂又再一次震動。然而，我必須面對事實，面對我的舊夢被撕碎的事實。儘管被撕碎了，但我還是要去看看，至少我可以尋找到一些夢的碎片。

踏上彼得堡海岸的那一瞬間，我一眼就看到海埠的樓頂上寫著「列寧格勒」，非常粗陋的字牌，沒有任何裝飾。城市變動了，但作爲歷史陳迹的名字還保留著。大部分俄國人是厚道的，當他們告別列寧時代的時候，並沒有把列寧的名字放到腳下踐踏或高喊「踏上一萬隻腳」，社會大變遷時並沒有太多瘋狂。只是「列寧格勒」字牌下一片蕭條，海關像殘破的舊廟，海關人員像疲倦到極點而懶得翻經書的老和尚，有氣沒力地打開我們的護照。

過了海關，就是兌換貨幣的小窗口，那裡標著當天的外匯兌換價格。一美元可以換一千三百三十四盧布。我記得當年戈爾巴喬夫總書記每月工資是四千盧布，還記得我的俄語老師告訴過我：你大學畢業後領到月薪五十六元人民幣相當於三十盧布。兌換外幣後，我們這些東方漂泊者頓時意識到自己乃是「百萬富翁」。

一美元（即一千三百多盧布）在俄國可以購買不少東西。我和李澤厚參觀冬宮之後去逛百貨商店，商店裡沒甚麼食品，卻有各種非常便宜的商品。我們各自用一千盧布買了一個袋子繁多的大背包，還用三千多盧布買了一個足有二尺高的非常精緻的俄羅斯布娃娃。布娃娃的大眼睛轉動時非常迷人。這麼便宜的（相當於二點五美元）布娃娃擺滿了櫃臺，可是沒看到當地人去碰碰她，買這種布娃娃，大約太奢侈了。我眞是愛不釋手，而且想到當年報刊上的一句話：「蘇聯老大哥的今天就是我們的明天」。明天，明天中國的布娃娃能這麼美這麼便宜嗎？

逛了商店後，我們又去逛涅瓦大街。我記得列寧說過，革命不是涅瓦大街。因此，一站在涅瓦大街就有一種熟悉感。正在想著列寧的名言時，一位俄國人走到我們身邊。一眼就可看出他是一位知識分子，果然，他用英語與我們交談，他說他是一位英語教師。沒想到，他竟然請求：「Can you give me one dollar ?」（「你能給我一美元嗎？」），說得明明白白。我們自然不會拒絕，然而我幾乎抑制不住內心的震動。一個我往日夢中的先行者，一個我憧憬半生的列寧之城的「靈魂工程師」，竟開口要一美元，這是眞的嗎？這是眞的，他明明站在我們面前。我們問他，「你對俄國的未來有甚麼想法？」他搖搖頭說，「我們太疲倦了，已經沒有力量考慮未來了！」「那麼，你贊成這兩年的變化嗎？」「當然，倘若不變，我們還得永遠苦下去！」俄國的知識分子大約眞的感到沒有力量思考未來了。從上一個世紀十二月黨人開始，俄國知識分子就爲自己的國家的新生而奮鬥，而坐牢，而被流放，而被殺頭。革命，失敗，革命，成功，但是，到頭來，還是一片蕭疏，一片貧窮的大曠野，一片令人迷惘的破爛不堪。爲了一美元而操心的知識者還有甚麼力量去操心一個龐大國家的未來呢？

然而，一美元對於今天俄國的普通公民是要緊的，他們的每個月工資大約才相當於六美元。一美元他們可以看十五次芭蕾舞表演，可以參觀二十五次冬宮。無論怎麼動盪與貧窮，舉世矚目的俄羅斯芭蕾舞和其他藝術還活著，還照樣像太陽天天從山邊升起，還照樣在燈光下作著牽動人心的精采表演。我們到達彼得堡的第一天晚上就去觀賞芭蕾舞，正巧趕上年輕芭蕾舞演員的匯演，那精湛的藝術，讓我們傾倒。俄國文化的根柢畢竟雄厚，擁有這種文化底蘊的國度必定擁有明天，這位英語教師暫時還看不到或者不願意去想的明天。

不管彼得堡給我們籠罩的氣氛如何使人迷惘，但我們遊玩的興趣仍然很高。坐著旅遊車，聽著俄國小姐介紹每一座古老而著名的建築，看到舊俄時代留下來的建築依然厚實地屹立著，像恐龍的骨架。彼得大帝爲俄羅斯創造的恐龍時代，至今還到處留下值得驕傲的痕迹。導遊小姐介紹著，我們靜靜地傾聽著、欣賞著。唯獨見到一座華麗的大廈時，導遊小姐指著它說：「這是彼得堡最好的大飯店，裡面非常漂亮而且非常舒適！」整車人才哈哈大笑。因爲正是昨天晚上，我們就在這座飯店領教過晚餐，除了吃到二片硬得幾乎啃不動的麵包之外，絕對感受不到舒適。從餐館回到船上，大家仍然覺得很餓。幸而我的妻子菲亞早就聽說俄國缺少食物，她從瑞典帶來了兩條大香腸，此時可算是雪中送炭。大家用小刀一片一片切著，還小飲葡萄酒。北島吃得特別香，並喃喃地說：「幸而吃了這兩片香腸，否則晚上就睡不好了。」這是我們在彼得堡度過的一次眞正的半古典半現代的共產主義生活。

我們這次旅行的高潮不是在冬宮博物院，而是在阿芙樂爾號砲艦前。看到阿芙樂爾號，我們幾乎都「哦」了一聲。「十月革命的一聲炮響，給我們送來了馬克思主義！」原來就是它。炮艦大約刷新過許多回，比我們在電影《列寧在十月》裡見到的要漂亮得多。對著炮艦，大家都很激動。是高興？是悲哀？是驕傲？是懊喪？是歷史壯劇的開始？是歷史悲劇的起點？我一下子全模糊了。此時，我才發現自己丟失了阿芙樂爾號的意義。意義消失了，但它畢竟是歷史。它不僅改變了俄國的命運，也改變了中國這個世紀的命運。中國在這個世紀的壯烈與荒謬，戰爭與貧窮，革命與革革命，甚至連我的老師們帶著高帽掛著牌子遊街示眾，然後走進豬欄與牛棚，都與阿芙樂爾號相關。現在，俄國人對阿芙樂爾已失去敬意，中國人的敬意也在消失，然而，我們還是樂意以它爲背景合個影，因爲對於我們，這才是完整的故事。

——一九九四年・選自香港天地圖書版《遠遊歲月》

丢失的銅孩子

離開奧斯陸已經三個多月，但腦際中還是不斷地浮現著威格朗(Vigelandsparken)的雕塑公園。沒想到，挪威之行，這個公園留給我如此難以磨滅的印象。

也許因爲在我的第一人生中，對現實的生命感受得太多，看到太多的生命被奴役和被摧殘，又聽到太多生命的呻吟與呼喊，自己又因爲一場生命的悲慘劇而遠走天涯海角，因此見到一個全是生命雕像和生命讚歌的公園，便分外感動。

公園裡的一百二十一座雕塑全是出自威格朗之手。他眞是大手筆，竟能通過雕塑的語言把生命的孕育、誕生、壯大、成熟的過程，表現得如此動人，竟能在冰冷的青銅和花崗石上譜寫出這種洋溢著生命激流的交響樂。

人的全部生命都是從一個最簡單的事實派生的，這就是男女的交媾。於是，這個公園就以此爲中心點形成它的結構。在公園的中心最高處矗立著一座高達六十呎的「生命之柱」，這是男性的象徵。生命之柱下是由三十六組群雕組成的生命之輪，這是女性的象徵。生命之柱的石雕，我在別的國家也看過，但由於表現得太一般而無法留在記憶裡，而這裡的生命之柱則別具風格，它是由無數生命意象緊貼成的大集合體，柱子上布滿著渴望生活與思索生活的人體浮雕。每個人體都像生命之柱上強勁的筋絡。而生命之輪則是托著生命之柱的圓台，這是生產著生命和轉動著歷史的輪子，其建築形狀類似北京天壇的祭台。人類生命的楨桿正是這一柱一輪神秘的轉動，圍繞著這一楨桿的雕塑群展示的正是生的奇觀，這些陷入生之慾望中的男男女女，有的擁抱，有的歡悅，有的憂傷，有的瘋狂，有的直抒胸臆，有的委婉低訴。而從生命之柱通向公園門口的路上，又有兩排長達百米的雕塑線，這是生命的伸延，伸延到公園之外的無邊的歲月。

我在如此精采的雕塑群中幾乎不知所措。時間有限，不知道該選擇哪一傑作細細品賞。不過，當我走到一個男孩的雕塑前，便自然地停了下來。這個小孩彷彿正在生氣，彷彿正在與世界展開最初的對話，但是，他又表達不清，於是，他著急，雙肩拱起，還跺著小腳。看到這畫面，我好像重新見到自己童年時代的倔強、頑皮以及母親賦予的全部天性，還有那種尚未進入虛假世界之前所擁有的野氣和眞純之氣。正看得入神，當嚮導的留學生姚小玲告訴我們：這座銅孩子雕像曾經被偷過，後來又找回來了。這個消息更增加了我的興趣，盜者是爲美而偷還是爲錢而偷呢？人間的卑鄙的竊賊也知道孩子的天眞天籟價值無量嗎？而眞正牽動我情思的是酷愛孩子的挪威人。當他們知道這個銅孩子丟失之後，舉城震動，彷彿丟失了魂魄，整個奧斯陸陷入困惑與焦急的追尋之中。他們不能接受丟失銅孩子的事實。只有找回銅孩子，他們才能安穩入睡，才能重新得到靈魂的安寧。聽了這個故事後我在想：假如他們突然丟失一大群活生生的孩子的生命，將會怎樣？我相信，他們一定會發瘋，一定會舉國陷入「救救孩子」的狂喊與啼哭之中。

在銅孩子邊上是表現父愛與母愛的作品。看到飽經風霜並已過中年的裸體男子高高地托起他的幼兒，看到這舉得高高的愛，我感到自己的眼睛濕了，能夠自由地高舉生命之愛是多麼幸運呀！如果有人粉碎這高高托起的愛，而我能自由地抗議，不會因爲這抗議而漂流異國，又是多麼幸福。在見到的那一瞬間，我這麼想。出國後，我就喜歡搜集表現父愛的藝術照片，喜歡像挾著小豬一樣地挾著孩子的年壯的父親，也喜歡像拋著皮球一樣地把孩子拋向空中又輕輕接下的年輕的父親，也喜歡眼前這群裸體的像托著星斗一樣地托著孩子的成熟的父親。

父愛作品的另一極，是母愛。我曾經寫過〈慈母頌〉及另外幾篇懷念母親的作品，說我母親當過三代人的奴隸：我的父親；我和我的兄弟；我的女兒。我歌頌「爲奴隸的母親」，不是希望天下的母親去做牛馬，而是禮讚那些甘當牛馬的母親胸懷中的那一種可憐而偉大的至情至愛。沒想到，地球北角的一個藝術家的心靈竟然和我如此相通，他表現的母愛，也是俯首甘當牛馬的母親。我看到一座極爲動人的雕像：一個長得胖胖的年輕母親，像牛馬匍匐在地，馱著自己幼小的男孩和女孩，她長著兩條長辮，一條自己咬在口裡，一條被孩子牽拉著，就像牛馬的韁繩。孩子們天眞地笑著，盡情地享受著小腿下溫暖的母性的山脈。這座石雕女人多麼像我的母親：以前馱著我和我的弟弟，現在馱著我的兩個女兒。然而，我絕對想不到刻畫兩條長辮子這一神來之筆只屬於挪威的天才，這又粗又長的辮子讓人感到，年輕的母親身上躍動著的生命活力和把全部活力奉獻給孩子的深長之愛，其分量眞如山高海闊。生命之美化作孩子的韁繩，拉著韁繩的孩子從牛馬似的母親中得到無知無邪的快樂，這母親之愛無論如何是不能忘記的，從地球的東方到西方相隔萬里之遙，而母愛卻如此相似，可見人類的天性本來就相通。我的母親的長辮子早已消失，如今只有滿頭的白髮，但是，我仍然記住她拖著長辮子的歲月，把青春和生命獻給我的歲月。

威格朗雕塑公園裡還有一些人與自然互相哺育的塑像，這些也令我感動。至今，我還記得一個母親伸出乳房正餵養著一隻小羊。這個世界，無論是人還是自然，都是母親的乳汁滋潤的。母親的乳汁不僅哺育著自己的孩子，還哺育著大自然。我看到這幅年輕母親餵養小羊的塑像，使我感到母親具有佛性，她愛著所有的生命。這裡的一切母親的形象，都使我確信，唯有生命之輪才永遠轉動著愛，轉動著新的誕生，轉動著偉大的天才和新的歷史，連雕塑家本身也是母親所誕生的。

——一九九四年・選自香港天地圖書版《遠遊歲月》

初見溫哥華

1

從紐約到溫哥華，印象非常不同。紐約給我的感覺是龐大與嚴峻，而溫哥華給我的印象則是溫暖與親切。

紐約到處是高牆絕壁，從地上仰望天空，便發現天空只是一條裂縫。藍天和彩雲全被割切成碎片。我是農家子，從小就擁有遼闊無垠的天空，不太習慣這種裂縫與碎片。紐約是繁華的，但離大自然太遠。在時代廣場的霓虹燈下，我暗自呆想，要是有一個城市既繁華而又離大自然很近，這個城市該是多麼可愛。

僅僅一個月，我就到了溫哥華。這裡正是一個繁華而離大自然很近的城市。在我遠遊的歲月中，每漂流一站，總要向關懷自己的異地朋友報報平安。在幾十封短箋中，首先報告的都是：「溫哥華眞是個好地方。有山有海，還有掛滿大地的楓葉，天空是完整的，地上是潔淨的，到處都有草香和海香，從白石城的海橋上俯瞰，還可以看到淺海裡游弋的螃蟹。」

我無意貶低紐約。然而，在紐約生活的確不容易。要在那裡生存下去，必須做一個善於攀登高牆絕壁而不怕被摩天大樓所異化的人，年輕或年富力強的創業者都想在紐約感受競爭的風天雨天，一賭神秘莫測的命運。他們相信，能在紐約站得住，就能在全世界的其他地方站得住，於是，他們奮鬥，如天地征鴻，充滿生命的激情與抱負。我的大女兒劍梅和她的男朋友就在那裡奮鬥。每當他們從熱騰騰的地鐵裡鑽出來就詛咒紐約，但是，他們又留戀紐約，覺得自己的生命力可以在這個大都市裡得到證明，潛藏於身內的血性可以在無數機會面前碰撞出火花，他們天天感到筋疲力盡，又天天感受到筋疲力盡後的滿足和生命活力的自我發現。我羨慕他們，又同情他們。

而我是一個絕對不適宜在紐約生活的人。我知道紐約有巨大的音樂廳和無數的大戲院，但我踏不進去，因爲，通向大戲院的道路也是高牆絕壁。我害怕這種比懸崖還要陡峭的牆壁，害怕裂縫般的天空。也許因爲帶著紐約的印象來到溫哥華，因此，立即就感到溫哥華的輕鬆、親近和廣闊。一到這裡，就覺時間的河水流經這裡的時候，顯得從容而和緩，潺潺有序，在紐約的那一種緊張感，頓時鬆弛下來。這一兩個月的經歷，竟像跨過喧囂的急流險灘然後進入了安靜的海灣。

2

這幾年東西行走，經歷了更換生命的遠遊歲月，在時間與空間的洗禮中放下了許多浪漫的期待和慾望。有力量放下慾望，是值得欣慰的。此時此刻，我別無所求，只求心的安寧，能夠從容地想想過去，想想自己走過的路。我有許多文字要寫，要叩問時代也要叩問自己，兼有法官與罪人的忙碌，並不偷懶。

然而，我已毋須緊張，毋須在心中再緊繃一根防範他人的弓弦。在以往的歲月裡，我曾著意地追求過，也苦心孤詣地攀登過高牆絕壁，總忘不了那個高高的若有若無的「險峰」，孜孜於毀譽榮辱，汲汲於成功與失敗、偉大與平凡的世俗判斷。倘若自己的文字引起「轟動效應」，心裡竟然美滋滋的，以爲桂冠和掌聲眞有甚麼價值。而今天，這種人生趣味已經過去，此時，我只想把倖存的生命放到實在處，以生的全部眞誠去感受人間那些被濃霧遮住的陽光，時時親吻大自然和大宇宙的無盡之美，把身外之物拋得遠遠的。我相信，擁抱山嶽擁抱滄海擁抱星空比擁抱名聲地位重要得多。

這幾年，我像負笈的行者到處漂流，登覽另一世間的興亡悲笑，眼界逐漸放寬，不再把一國一鄉一里當作自己的歸宿，而把遙遠的另一未知的彼岸作爲眞正的故鄉。有人說：你走得太遠了。不錯，過去的自己眞的離我很遠。我已拒絕了一切自我標榜的僞愛和一切外在的誘惑，而重新領悟眞正的愛義。我這些年喜歡寫些散文，就是因爲我的心思已脫樊籠，所有的文字都出自己身的天性情思和再生的愛義。我覺得必須把自己煉獄後的灰燼，心靈中的眞實掏出來給今人與後人看。我在冥冥之中感到有一種力量指示我這樣做，我不該拒絕這個絕對的命令。

我相信溫哥華能夠給我自由地遊思和領悟，相信這裡的無數楓葉能幫助我抹掉內心最後的陰影，爲我過濾血氣中最後的浮躁。

3

我眞喜歡加拿大秋天的楓葉。把楓葉作爲自己的旗幟眞是天眞而精采的構思。我相信加拿大國旗的設計者一定如癡如醉地愛過楓葉，一定傾心於這個國度如夢如畫的山巒與原野。我漂流到溫哥華，一半是爲楓葉而來的。我相信一個以楓葉爲旗幟的國家一定很少火藥味。我早已從情感深處厭倦人間的戰火硝煙，並已拒絕任何暴力的遊戲。

當六十年代北京處於文化大革命硝煙瀰漫的年月，我和一位好友曾悄悄地騎著自行車到百里之外的香山去觀賞秋光，並採集了幾片楓葉夾在筆記本裡。而這位朋友正處在熱戀之中，他還把楓葉作爲珍貴的贈品送給當時的戀人，把情意託付給赤誠的紅葉。很奇怪，在階級鬥爭那麼嚴峻的歲月裡，我和朋友的身心被殘酷的理念浸泡得那麼久，但仍然充滿著對楓葉的渴念，可見楓葉所暗示和負載的情思與人類的天性緊緊相連，而天性深處那一點美好的東西又是那麼難以消滅。

今天，我眞的來到楓葉國了。眼前到處是楓樹林。上一個星期天林達光教授和他的夫人帶我們一家到Queen Elizabeth公園觀賞秋色，我一見到滿園的楓葉，就恍如走進了夢境。每一片葉子都那麼純，那麼乾淨，紅的紅得那麼透，黃的也黃得那麼透。園谷中的一棵掛滿紅葉的楓樹，竟像掛滿紅荔枝，陽光一照，閃閃爍爍，又像童話世界中的紅寶石。我不僅喜歡這裡的楓葉，而且還喜歡被楓葉過濾過的空氣，這是絕對沒有硝煙味的空氣。我的思索需要這種空氣。

我知道楓葉國不是理想國，並不完美。它不是地獄，但也絕不就是天堂，這是一個實實在在的人的社會：有美境，也有困境；有豪華，也有豪華包裹著的冰冷與腐惡。但我知道這是一個寬容的社會，其文化正像楓葉上所暗示的那樣，乃是多角多脈絡的文化，不會把來自異國的知識者當作「外人」和「異端」。我在楓葉下的思索絕對沒有人來干預和侵犯，我有躲進小樓成一統的自由，還有一張平靜的書桌。我可以說自己應該說的話，拒絕不情願說的話，讓心靈像楓葉似地保持著大自然賜予的一片天籟。

4

溫哥華使我感到親切，除了飄著清香的楓葉之外，還有在歲月的風塵中依然保持著正直與眞誠的朋友。溫城有這麼多中國的朋友，眞使我高興。小女兒曾問我：世界的眼睛是甚麼顏色的？我愣了一下說：我不知道世界眼睛的顏色，但我知道世界的眼睛是勢利的。儘管世界是勢利的，但總有一些超勢利的保持著眞純眼睛的朋友。沒想到，在溫哥華，這樣的朋友很多。無論他們是在大學的研究室還是在個人的寫作間，無論他們是身居鬧市還是隱居山林。

前些天加華作協的盧因先生、葉嘉瑩教授和其他朋友們歡迎我，讓我說幾句話，我就講了一個四年前的小故事。在芝加哥中國城的一次夜餐上，最後抽到的紙籤上寫著：「你將被一群眞誠的朋友包圍著。」果然應驗，這些年我從美國到瑞典到加拿大都是如此。眞誠的朋友給我很多生活上的關注，知識上的啓迪，精神上的慰藉。對於這一切，我報以的只是甚麼也沒有的沉默，「心存感激」是沒有聲音的。

然而，我今天想打破沉默，告訴這些朋友說，你們給我一種連你們也未必知道的東西，這就是信念，對於生活的信念，人類的信念。如果不是友情在我心中注入力量，我也許會在歷史的滄桑中失去對生活的興趣，讓精神像燃盡的火把一樣熄滅。一九八九年夏天之後，我對生活眞是絕望，然而，朋友的懷愛打破我的絕望，它告訴我：山長水闊的人間不是幾個權勢者所能壟斷的，到處都有生活的土地，到處都有良知的家園，到處都有滋潤人與歲月的青天、碧海和暖流。

有了對生活的信念，精神就不會垮掉。這幾年，我自覺得是精神上的強者與心理上的強者，擁有良知的清白和道義的清白。清白，就是力量。只要是強者，再艱難的路也可以走下去，再硬的木板凳，也可以坐下來寫作。何況此時我坐著的明明是沙發椅，而且路雖艱難，但也明明是路了。

——一九九三年九月三十日·選自香港天地圖書版《遠遊歲月》

傑弗遜誓辭

我是在一九八九年四月來到了華盛頓的。那幾天，美國的首都剛從冬季的風雪中甦醒，滿城風和日麗，無數風箏在空中飄蕩。我昂起頭眺望著風箏和西天的雲彩。看久了，斜臥在綠草地上，心裡想著剛剛在傑弗遜總統紀念館裡讀到的誓辭，他向上帝所做的莊嚴的保證。這一誓辭保護著自由的風箏，它彷彿也寫在風箏的絲綢飄帶上。

傑弗遜的誓辭這樣寫著：

I have sworn upon the altar of God eternal hostility against every form of tyranny over the mind of man.

（我向上帝宣誓：我憎恨和反對任何形式的對於人類心靈的專政。）

每次參觀紀念館，我都格外留心英雄的座右銘。人類精英們的心得，值得我多想想。但是，在我的記憶中，還沒有一句名言像傑弗遜這一思想如此讓我震動。在讀到的一剎那，我心裡轟然一聲，情思如洪波湧起。

我是一個從馬克思主義經典中走出來的學人，對西方傑出的政治領袖只有敬意但沒有崇拜，對於他們的思想一直採取質疑的態度。然而，這一句話，我卻產生很深的共鳴。在被觸動後的那一時刻，我眞想吶喊幾聲，請求全世界的政治家和思想者注意。那些早已知道的，也請重溫一遍。我還特別請求我的祖國能注意，並希望故土的山谷能夠回應我的吶喊，像童年時代回應我天眞的歌聲。

這是一句誓辭，一個美國思想家的信念。但它也包含著我的良知關懷和良知拒絕的全部內涵。近幾年，故國的報刊一直在討伐我，至今沒有停斷。如果我有罪，那就是我對心靈專政毫不含糊的譴責和反叛，也就是我在地球的東方發出一種與傑弗遜同樣的聲音。然而，傑弗遜和華盛頓、林肯共同創造的時代卻告訴人們，尋求眞理並說出自己所信仰的眞理，這是天賦的權利，永遠不能成爲罪行，政治專政的鐵拳永遠沒有理由對準人類天然神聖的心靈。

當然，憎恨我的人把我當作異端也並非沒有根據，因爲我的確和一些拿著教條來謀殺我的祖國和我的人民的政治激進者不同。我的語言已從他們規定的死亡方格中跳出，並揭露教條已經刺殺了我的祖國的生命力。我確實在用筆抗爭，而抗爭的一切，如果需要用一句簡明的話來表述，那正是美國這位思想家鄭重的誓言。

在曠古未有的文化大革命荒誕歲月中，我最後悟到，毛澤東與馬克思的區別，就在於毛澤東把無產階級專政的強大機器從政治經濟領域推向人的心靈領域。所謂「全面專政」，就是說僅僅在經濟、政治領域裡剝奪剝奪者是片面的，只有在心靈中也實行剝奪才是全面的。當大陸的政治騙子群把「全面專政」的紅旗舉上雲霄的時候，無數知識分子的心靈卻在牛棚和牢獄的黑暗牆角下作著最悲慘的呻吟。他們一個個把筆變成匕首，天天刺進自己的胸膛和別人的胸膛。他們在奴才與佞人的強制下，用最惡毒的語言詛咒自己和自己的同胞。他們承認自己是內奸似的黑幫，是地獄中猙獰的魑魅魍魎，是企圖阻撓人類走向極樂園的江洋大盜。他們一面被人像追獵野獸一樣地被迫交代自己的罪行，一面又把一枝從小就勤奮練就的筆桿深深地插入自己的咽喉，然後又插進一切和平與仁慈的信念。他們檢舉、揭發、交代，一個字一個字都像瘋狂的毒蜂去咬叮他人的靈魂和自己的靈魂，連早已埋在地下的祖宗的屍體也不放過。他們在「不怕疼、不怕醜」的迷魂藥的麻醉下，讓心靈蒙受種種人間的奇恥大辱。在那段歲月中，我還年輕，避免了許多老學者老作家可怕的命運，只是和億萬同胞一樣把本是春水般活潑的情感納入獨一無二的思想體系，在統一的政治機器中打滾，讓心靈發出麻木的呼叫。

在心靈專政的旗幟高揚的時候，人類一切帶有溫馨花瓣的書籍都被禁止，全世界公認的至真至善至美的詩篇皆被認爲是封建階級和資產階級的毒草，連莎士比亞和托爾斯泰也難逃脫。著寫《神曲》的但丁本身被送入地獄，無辜的維納斯和蒙娜麗莎被戴上最醜的高帽。我們只允許讀馬克思、列寧和毛澤東的文字。於是，我們一面經受階級鬥爭狂濤激浪的洗劫，一面又經受難以忍受的靈魂大乾旱，這種沙漠似的大乾旱和它所帶來的大飢渴，使我和我的同一代人的生命一下子萎縮得像古埃及墳墓中的木乃伊。儘管這樣，我的眼睛還像燈火一樣燃燒著，而且讀下了一部人類各種文化寶庫中所沒有的心靈專政錄。這部紀錄，是產生於中國五十年代到七十年代的人類歷史上最怪誕的書籍，一頁一頁都令人傷心慘目，一頁一頁都迫使我去作反叛性的思索。我敢說，在藍色的天宇下，沒有另一個國度的思想者，能像我和我的同一代人如此深切地讀盡人類心靈專政的現實圖誌。從醫學上說，這裡有人類精神的全部病毒；從心理學上說，這裡有人類心理的全部變態；從宗教學上說，這裡有魔鬼的全部伎倆；從人類學上說，這裡有人類身上殘存的全部獸類的基因；從文化學上說，這裡有人性惡的全部積澱。

在實行心靈專政的年代，真正的知識分子沒有一個能抬起頭來坦然地看看四面八方，只能埋著被戴上資產階級帽子的頭顱看著自己可憐的腳趾。那些曾像小偷似地發表過關於人性、人道文章的學者，此時更變成千夫所指的寇盜。這些小心翼翼地低聲訴說社會主義國家也需要「愛」的正常腦袋，此時變成全部仇恨集中射擊的對象。專政的機器逼迫他們把頭埋得比任何人都低。播種人道的正直心靈收穫的卻是赤裸裸的獸道。在六十年代，我從未涉足人道，只是無知地跟著潮流高喊階級鬥爭的口號，因此，在埋著頭的時候，還可以張開眼睛讀著這部荒誕無稽的現實大書，並很深地認識了一個錯誤的時代，看到它是怎樣把高貴的人類變成一隻隻蜷縮著脖子和緊夾著尾巴的狗，每時每刻都生怕挨打的可憐家畜。如果要擺脫這種命運，即如果不想夾著尾巴，那就要高揚起犀利的牙齒，把自己變成管轄狗並無情地撕咬狗的狼。我看到一些被稱為詩人的人也變成了這種野獸。他們裸露的牙齒比他們樓梯似的詩句留給我更深的印象。

這部心靈專政錄，我讀了十年。幾乎用了整個青年時代才讀完，讀到最後一頁我已進入中年時代了。我憎恨那個時代，又感念那個時代，那個時代所有的荒唐故事，都使我刻骨銘心地體驗到人性的黑暗。人類只要穿過心靈專政這一洞穴，就會魔幻般地變成畜類與獸類，數百萬年的進化成果就會在剎那間化作洞穴中的灰燼。如果人類缺少保衛心靈的意識，那麼人類未來的災難將是極其深重的，回到獸界與動物界並非難事。

因爲我曾經生活在心靈專政的斧鉞之下，所以我了解心靈專政的力量。今天，我已從心靈專政的陰影中抬起頭來而贏得良知的自由，但我有責任告訴未曾經歷過的人們。我的訴說沒有詩意，但也沒有摻假。我必須用確鑿的語言說明，部分人類所發明和製造的心靈專政，就像無邊無沿的棺木，它可以把整個人類都變成屍首而首先是把最活潑、最高貴的心靈變成屍首。千百萬年形成的人類心靈，一旦進入精神棺木，生命就完全失去愛的知覺。這一點，快樂的人們不一定能意識到。我相信，我今天告訴人們這一點，比革命詩人奉獻的漂亮詞彩更爲重要。

美國是一個很年輕的國家。她得天獨厚，這除了她的肥沃、平坦的土地和東西部的兩條海岸線之外，還得益於一種歷史的偶然，即開國元勳們很快就意識到必須拒絕對於人類心靈的專政。這種意識價值無量。這一意識使他們沒有瘋狂而愚蠢地把政權的力量用於消滅良心和消滅思想的革命。我在美國已經六年了，常常用懷疑的眼光尋找她的缺陷。我看到美國並非理想國。這部用金錢開動的龐大機器也充滿機器專政的可笑故事。充溢於街道和辦公室的銅臭味常常讓我感到窒息。然而，他們從來不敢把「全面專政」視爲神聖的旗幟，在他們的思想意識裡，從來沒有把人類心靈送進牛棚和豬窩，他們的過於發達的技術和僱傭制度也使一部分人類異化，但是，他們畢竟在法律上和觀念上保護著人類心靈的尊嚴與價值。任何心靈都可以自由地發出自己的聲音，巨大的國家機器絕對不能騷擾任何一支脈管的跳動。他們賦予心靈的權利是心靈永遠不受干預、不受侵犯、不受奴役的權利，是心靈可以像山間飛鳥隨時都可以自由啼唱的權利。這種心靈權利高於一切。我應當坦白地表明，我羨慕這種權利。這種權利比任何綴滿珠寶的桂冠都更有價值。而使我高興的是，他們畢竟能把傑弗遜的口號寫在紀念碑上，讓人們集體地拒絕心靈專政。

我離開傑弗遜紀念館已經六、七年了。這幾年，我走過世界的許多地方，但始終忘不了這一次華盛頓之旅，也始終忘不了傑弗遜的這一句誓詞。那裡的草地黃了又綠，綠了又黃，但每年春天，都有矯健的風箏在空中翔舞，我彷彿看到每一條風箏中的飄帶，都寫著這位國家先驅者的信念，想到這裡，我心中有一個願望冉冉升起，這就是期待人類的每一顆心靈都像自由的風箏，它擁有天空，也擁有大地。任何形式對它的踐踏，都應成爲過去的奇離的故事。

——一九九七年・選自香港天地圖書版《西尋故鄉》

輯四

人論

我常為中國的現代化吶喊，
但吶喊之後，
一想到迅速蔓延的肉人現象，
腦子就冷靜得多，
甚至冷到會產生一種惡夢，
夢見未來的環球世界，
乃是擁有金錢的肉人的世界。

論傀儡人

中國很早就有傀儡戲，也叫做木偶戲。我的家鄉福建閩南一帶，至今還有木偶戲，而且常常出洋演出，爲國爭光。我自己非常喜歡傀儡戲，小時候曾操著小刀，想製造幾個傀儡，然而，不但沒有成功，還差些削掉自己的小指頭。

大約由於童年的經歷，長大後總是特別關注傀儡戲。恰巧我工作的文學研究所，有一位著名的老學者孫楷第，就是研究傀儡戲的專家，他所作的《傀儡戲考原》、《近代戲曲的唱演形式出自傀儡戲影戲考》、《傀儡戲影戲補載》等，都是我很喜歡讀的學術論文。

從孫先生的論文中，我不僅了解了傀儡戲，而且了解了傀儡人。未讀這些論文之前，我以爲傀儡戲即木偶戲，傀儡人即木偶人，讀了之後才知道，這也是簡單化。其實，傀儡的種類很多，有仗頭傀儡、懸絲傀儡、藥發傀儡、水傀儡、肉傀儡等，眞正具有傀儡人資格的，乃是肉傀儡。現在還流行的木偶戲中的木偶人，屬木傀儡，它雖有人形，但不是人，還算不得傀儡人。按照孫先生的標準，我故鄉那些爲國爭光的木偶，可能就夠不上傀儡人的資格。

孫先生是一個執著的學者，他在論證宋元以來之戲文雜劇乃是出自宋代的傀儡戲與大影戲時，對傀儡戲的發展過程作了一番考察，認爲傀儡戲經過三個發展段落，第一段落可稱爲「木偶人」段落，他說：

宋之傀儡戲，其人物初以木偶爲之。木偶人不能自動，故須以線提，以杖擎，由藝人耍弄之，使像眞人活動之狀。木偶人不能自語，故須另有人代之道達宣揚，此傀儡戲之最初形式也。

這種初級階段的木偶人的特點是不能自動，不能自語，須有人在他的背後牽線和爲他說話。第二階段則是「小兒傀儡」階段，這是以兒童代替木頭，以肉傀儡代替木傀儡，此乃是傀儡戲的一大變革。孫先生說：

其後改爲肉傀儡，其傀儡以小兒（現代漢語稱爲兒童——引者註）爲之。此時藝人所擎者爲眞人而非木人，固已近乎後之扮戲矣，然小兒之舞轉，仍須地上人爲之助，且不得有語，其讚導者另有之，此爲傀儡戲之第一次變化。

這種肉傀儡，不是「木人」，而是兒童，算是一大進步。但是，既然是眞人（兒童）所扮，爲什麼還稱爲傀儡呢？這是因爲他仍然帶有傀儡的特點，一是「不得有語」，即沒有自己的話語；二是不能自立，即必須由他人所托舉，受制於後台的「讚導者」。但這種「小兒」是眞人，所以孫先生稱之爲「肉傀儡」，也就是初等傀儡人。

我是很佩服這種「小兒傀儡」的，他們明明是眞人活人，卻不得說話。不得說本來也罷，他們卻又得擺著說話的樣子，以傳達貫徹操作者的精神。咱們設身處地想想，這種肉傀儡是多麼辛苦呵。如果請現代的很嬌氣的兒童來扮演這種角色，他們恐怕是不會幹的。

根據孫先生的考證，這種「小兒傀儡」只能算是初等傀儡人，這之後，傀儡戲又發生了第二次大的變革，即以「後生」代替「小兒」，也就是以少年代替兒童。這種「後生」不僅形象比「小兒」高大，而且「動作由己，不須人擎」。但他所以仍然是傀儡人，據孫先生說，關鍵還是他「仍不得有言」，而且仍然是「其讚導者另以他人司之」。也就是說，這種「後生傀儡」雖有成人樣，也有自己的行爲動作，但仍然具有傀儡的兩個根本特徵，即不會說自己的話和受制於背後的「他人」，用孫先生的話說，就是「仍遵守不言之律」和「以讚導之事付之人。」傀儡戲再往前發展，便進入最後階段，在這一階段裡，後生成熟了，既會動作又會說話，突破「不言之律」，「動作言語皆由己出」，這與後來的「扮戲」很相似，但是，因爲扮者雖然會說話，但不會說屬於自己的話，只能說讚導者的話，類似現代的傳聲筒，「所言者就是讚導之詞，所歌者就是傀儡兒詞」，所以仍屬傀儡戲範圍。但是，到了這個時候，傀儡戲已接近戲劇，而傀儡人因為能動能言而成了高等傀儡人了。在表面上，高等傀儡人和真正的人已沒有差別，但在深層的精神面上，他們與真正的人仍有巨大的區別，這就是它沒有人之所以成為人所必須的獨立人格和表現這種人格的屬於自身的語言，即雖會說話，但不會說屬於自己的話。綜上所述，我們便可以知道所謂傀儡人，乃是被他人所操縱所掌握而沒有自己的靈魂和沒有自己的話語的人。

傀儡人，本來是戲台上的人。但中國近代的思想家們卻發現當時中國的土地上，從上到下，到處都是傀儡人：君係傀儡君，臣係傀儡臣，民係傀儡民。由於組成國家共同體的細胞都是傀儡，所以國也就成了傀儡國。發現這一現象，並給予揭露的，首先是梁啟超。

梁啟超辦《清議報》時，曾以「哀時客」的筆名，發表了《傀儡說》（一八九九·三·二十二），哀嘆中國已經傀儡化——「傀儡其君，傀儡其吏，傀儡其國」，即從皇帝到平民全成了傀儡。當時光緒皇帝是慈禧太后的傀儡，而官吏和人民又是愛新覺羅王族的傀儡官吏和傀儡百姓。

梁啟超所道破的近代中國的一個重大社會現象，就是國家失去靈魂，國君失去靈魂，國吏失去靈魂，國民失去靈魂，從光緒到平民全都成了無魂之物，都不會說自己的話。對於這種普遍性的傀儡現象的強烈感受，是當時知識分子所共有的，所以，當梁啟超及時地說出來之後，留學生們和改革者們都恍然大悟，大聲疾呼要拯救將死的國魂和將死的民魂，改變國君、國吏、國民乃至國家的傀儡形象。當時《浙江潮》創刊號的開篇，就叫做《國魂篇》。此文認爲，要招國魂，首先就是不能當傀儡人。他們說：「五官具，四肢備。圓其顱，方其趾。則謂之爲人矣乎？而或者，是非人也。傀儡也。何以故。曰無魂故，是以戮之斬之勿知痛。」他們的意思是說，傀儡雖有人的四肢五官，但沒有人的靈魂，要救人救國，首先要改變傀儡人的形象。

談了梁啓超和其他志士們的這些鞭撻「傀儡」的文章，最使我難忘的是他們的自審精神。他們認爲，當時中國所以會傀儡化，並不是某一個人的責任（如慈禧太后）。慈禧固然把光緒變成她的傀儡皇帝，使大臣們也成了傀儡大臣，但是，如果從皇帝到老百姓都有自己的靈魂，都能自立、自愛、自尊、自言，敢說自己想說的話，敢維護自己的人格，清末的傀儡系統能夠成立嗎？慈禧太后這位老太太能有足夠的力量操縱數億有獨立人格的臣民嗎？所以梁啓超說：「中國者，傀儡之頑而碩者也，一人之力不足以舉之，則相率共傀儡之。」他十分感慨地說，由於大家「相率共傀儡之」而不自知，或自知而不自愧自省，所以中國最後變成一個巨大的佈滿傀儡人的傀儡場，億萬官民都在表演被他者所掌握的傀儡戲，眞是悲慘之極！梁啓超悲憤地說：

嗟呼！必自傀儡，然後人傀儡之。中國之傀儡固已久矣，乃今不思自救，猶復傀儡其君，傀儡其民，竭忠盡謀，爲他人效死力，於是，我二萬方里之地，竟將爲一大傀儡場矣。

梁啓超所說的「必自傀儡，然後人傀儡之」，是很有道理的。清代所以會形成那樣一種自上而下的大傀儡場，實在是每個國民都爲這個傀儡場提供了一個細胞，一種條件，一個基礎。所以要擺脫傀儡地位，最要緊的乃是要以每一個人的自省爲起點，不再做傀儡人，這樣，傀儡的讚導者就不能隨意擺佈，爲所欲爲。梁啓超這種精神，正是我國這代的一種非常寶貴的憂國懺悔精神。

這種自審自救的精神，近現代的思想家們，如陳獨秀、魯迅等，都以各種不同的文化形式表達過，這已是人所共知的事實了。而有一本直接以懺悔充當傀儡人爲主旨的《懺悔錄》，則鮮爲人知。這就是出版於一九二〇年的黃遠生先生所作的《遠生遺著》。這本書中特別收入他的一篇〈懺悔錄〉。他懺悔的正是自己成了傀儡人，他感慨自己「既不能爲眞小人，亦不能爲眞君子」。黃先生是一個很正直的知識分子，戈公振先生的《中國報學史》稱他爲「報界之奇才」。他二十一歲時就中了光緒甲辰進士，之後又東渡日本留學，辛亥革命後便投身新聞界，並很快地成爲著名報人。但是，當時中國正處風雲變幻，各種勢力都想利用他的名聲。他雖有獨立之人格，但在強大的壓力下也常常難以支撐住。特別使他痛心的是他在袁世凱稱帝時，也不得不受命作了一篇〈似是而非〉的讚揚帝制的文章。但他很快地進行自救，決然逃離北京，隱居於上海，聲明「此後當一意做人，以求懺悔居京數年墮落之罪」。（《致甲寅雜誌記者》）並寫作〈懺悔錄〉。他的懺悔錄一開始就是對充當傀儡的自責，他說「似乎一身，分爲二截，其一爲傀儡，即吾本身，另自有人撮弄，作諸動作。其一乃他人之眼光，偶然瞥見此種種撮弄，時爲作嘔」。他爲自己受他人之「撮弄」而作諸動作感到羞恥，對自己曾經充當「非我」的傀儡形象，眞誠而深刻地自恨自譴，竟「恨不能宰割之，棒逐之」。這種精神，比那些身居高位而甘心被他人所撮弄的權勢者們，不知道要高貴多少倍。

「五四」新文化運動的先驅者們也感受到「人而傀儡」的不幸以及人與傀儡不能相容，要做人，就不能當傀儡。所以他們在提倡人的尊嚴而批判「非人」觀念時，就特別喜歡易卜生的戲劇和思想。喜歡逃離「玩偶之家」的娜拉。「五四」改革者們大約不會想到，在他們「革命」之後，中國仍然產生出無數的玩偶，而且是穿著革命服裝的玩偶。這種玩偶儡雖然服裝不同，但仍然具備「不能自語」這一根本特點，即只會重複「最高指示」的話，使人感到政場、文場、會場的話都出自說話人背後的同一張嘴巴。大約因爲如此，偶爾聽到某個知識者或領導者說了一句自己的話，言語中透露出一點幽默感或情趣，就會感到非常驚喜，覺得這是非傀儡人的氣息。今天，想到自己前幾年提出「主體性」和「懺悔意識」的命題，可能也是因爲對傀儡現象及自己也曾是一個傀儡分子的反感，企圖阻止傀儡的繁殖，用心實在良苦，但這不過是「螳臂當車」，幾篇文章怎麼能敵過傀儡潮流呢。

——一九九二年・選自香港牛津大學版《人論二十五種》

論肉人

一九八七年，我作爲中國作家赴法代表團的一員到了巴黎。一天，在一位法國朋友家裡談起法國文化。我說，法國文化的兩極都使我驚訝，雅的一極在羅浮宮、凡爾賽宮和其他的展覽館裡，眞叫人高山仰止。而俗的一極，則在紅燈區，那是肉人世界，俗文化變成肉人文化，也讓人驚嘆和難以接受。在座的那位法國朋友聽了立即嚴肅地反駁我說：肉人文化決不是法國特有的，你們中國早在十七世紀就有肉人文化，而且比我們還發達。他這麼一說，我也就沉默了。因爲我確實無法否認《金瓶梅》產生的時代裡，我國的肉人文化相當發達，《金瓶梅》裡寫了許多人物，其實就是肉人。

我們交談時所說的肉人是指妓女，即那些以肉體買賣爲主要存在方式的人。不過，籠統把妓女說成肉人，可能有些人不贊成，特別是中國的文人。因爲在我國古代，士常與妓結緣，妓女常常是文人的知己知音，這已成了一種傳統美談。這種「緣」產生了許多悽楚動人的故事。妓女既成了一些文人的紅顏知己和落魄時的精神柱石，那麼，在文人作家的筆下，許多妓女就非常可愛。她們不僅有美色，而且有才色，肉性靈性，琴棋書畫，集於一身，有的甚至還很有節操，等於才、德、貌三全，與現代的「高、大、全」人物可以比美。後來成爲我國文學史名篇中的主角者如杜十娘、李香君、柳如是等，都是靈肉均十分動人的女性，決不是「肉人」二字可以概括的。我讀過一些敘述妓女發展史的書籍，這些書的作者描述了歷代妓女對戲劇、音樂、詩詞的貢獻，認爲妓家乃是散曲世界，倘若沒有妓家女樂，中國音樂將大爲減色。史書撰者甚至認爲，宋詞就是妓家文學。總之，他們認爲中國妓女具有性靈傳統，和西方式的純肉帛交易大不相同。不過，這個結論，西方的作家恐怕難以同意。左拉（Emile Zola）的《娜娜》，莫泊桑（Maupassant）的《羊脂球》，大仲馬（A. Dumas Pere）的《茶花女》，這些西方的妓家，不也是有靈有魂的人嗎？

面對以上的辯護，要說妓女就是肉人，就要引起許多人的不平和抗議，所以我們還是換種說法爲妥，即妓家是妓家，肉人是肉人，妓家院裡充滿肉人，但肉人國裡並非全是妓家。這樣，我們就得給肉人另作個妥貼的界定。

我國古籍中正式把「肉人」和聖人、至人、神人等放在一起排座次，大約始於文子。《文子讚義》卷七，把人分爲二十五等，肉人被列在倒數第二名。文子曰：

天地之間有二十五人也。上有神人，眞人，道人，至人，聖人；次有德人，賢人，智人，善人，辯人；中有公人，忠人，信人，義人，禮人；次有士人，工人，虞人，農人，商人；下有眾人，奴人，愚人，肉人，小人。上五之與下五，猶人之與牛馬也。

兩年前，我曾寫了〈關於肉人〉的一篇短文，當時，我沒有把這段話引出，是因爲我覺得文子這張品人表，我無法整個接受。這種人的等級排列，包含著不少「偏見」和「暴力」，把眾人視爲牛馬，我就不贊成。而文子眼中的上五種人，實在太高太玄。他在解釋時說，上五種人中，聖人竟屬第五名，是因爲聖人還有平常人的一面，還必須用眼睛看，用耳朵聽，神人眞人就不必了。所以神人眞人又高出聖人。他說：「聖人者，以目視，以耳聽，以口言，以足行；眞人者，不視而明，不聽而聰，不行而從，不言而公。」聖人是否存在，我本就懷疑，而文子卻列出比聖人更玄妙的神人眞人，我就更難認同了。此外，他品評的標準還有很多是值得爭論的。但是，文子這張表，卻也有精彩之處，例如，其中提出「辯人」、「肉人」這種概念，就很有趣。

錢鍾書先生在《管錐編》中，把我國古籍中有關「肉人」的文字彙集一起並加以評論，使我的興趣更濃。所以，我還得再把錢先生的原文照抄於下：

《壺公》（出《神仙傳》）：「長房下座頓首曰：『肉人無知』。」按卷十五《阮基》（出《神仙感遇傳》）：「凡夫肉人，不識大道。」「肉人」之稱，頻見《眞誥》，如卷一：「且以靈筆眞手，初不敢下交於肉人」，卷八：「學而不思，浚井不渫，蓋肉人之小疵耳」，卷十一：「肉人喁喁，爲欲知之。」其名似始見《文子・微明》篇中黃子論「天地之間有二十五人」，其「下五」爲「眾人、奴人、愚人、肉人、小人」。道士以之指未經脫胎換骨之凡禮，非《文子》本意；蓋倘言重濁之軀，則「二十五人」捨「上五」外，莫非「肉人」也。《廣記》卷七《王遠》（出《神仙傳》）：「謂蔡經曰：『汝氣少肉多，不得上去，當爲屍解，如從狗竇中過耳！』」道士所謂「肉人」，觀此可了。《大唐三藏取經詩話・入大梵天王宮》第三玄奘上水晶座不得，羅漢曰：「凡俗肉身，上之不得」，足以參證。……

……《廣記》卷二五一《鄭光業》（《摭言》）：「當時不識貴人，凡夫肉眼；今日俄爲後進，窮相骨頭」；《舊唐書・哥舒翰傳》：「肉眼不識陛下，遂至於此！」盧同《贈金鵝山人沈師魯》：「肉眼不識天下書，小儒安敢窺奧秘！」「肉眼」之「肉」亦即「肉人」、「肉馬」之「肉」，皆凡俗之意。詩家如厲鶚《樊榭山房集》卷三《東扶送水仙花五本》：「肉人不合尋常見，燈影娟娟雨半簾」；沈德潛《歸愚詩鈔》卷七《爲張鴻勛題元人唐伯庸〈百駿圖〉》云：「不須更責鷗波法，世人紛紛畫肉人」；摭取道家詞藻，以指庸俗之夫，未爲乖違也。（見《管錐編》第二冊第六百五十三頁，中華書局，一九七九年版。）

從錢先生所徵引的文字看，「肉人」乃是「不識大道」之人，「學而不思、浚井不渫」之人，「氣少肉多」之人，「爲欲知之」之人，說法雖有差別，但大體是指沒有靈魂，沒有思想，沒有學識而只有凡體俗軀之人。如果我們確認人應是靈與肉的結合物，那麼，肉人便是靈的部分幾乎消失而只剩下「肉」的部分的人。按照錢先生的意思，《文子》中借黃子之口所論的二十五種人，除上五種之外，其他二十種人均帶有「肉人」氣，即都不是純粹的靈人（如神人、眞人等）。文子的論斷雖苛，但並不錯。所以當我們自以爲是「智人」——知識分子時，而一旦不學不思，自己心灰意懶又被社會剝奪了獨立思索的能力，也有變成「肉人」的危險。

文子把「肉人」作爲一種和眾人、奴人、愚人、小人並列的概念，使我們知道，世界上有一種（至少在理論上可以認定的）以「肉」爲特徵的單面人。這種人並不是壞蛋，也不是奸佞小人，只是一種無識無知之人。亞當與夏娃在偷吃智慧禁果之前，恐怕只能算是「肉人」。不過，倘若這個想法能夠成立，那麼，豈不是說，上帝的意願，人的世界本來應當是肉人的世界。

儘管從德人、賢人一直到愚人、小人都有肉味，但把「肉人」單列一項還是有必要的。例如，「肉人」和「小人」就不能完全混同。多數「小人」，雖肉味甚重，但他們絕不像肉人那麼笨拙，反之，他們往往相當機靈，常具有狐狸的小狡猾和卑鄙的心術，甚至還有蛇蠍的毒辣，而肉人絕對沒有「小人」這種機能，倘若有，便不算肉人。此外，他們和眾人、愚人也有所不同。眾人、愚人自然也是肉大於靈的凡俗之軀，然而，肉的比重恐怕不如「肉人」，例如，一個瘦骨零丁的無知者，稱之為肉人恐不合適，最好還是稱之為愚人，例如阿Q，稱之為愚人還說得過去，若稱之為肉人便極不通。而一個肌肉發達而無知的妓女，稱之為愚人也不妥，還是稱為「肉人」為好。不過，如上文所說，稱呼時要小心，因為妓女並非全是肉人，不少妓女乃是智人德人，只是絕非聖人。我國古代的知識分子思維大約不如今人細緻，寫字不如今人方便，所以我們不必苛求古人應當說得一清二楚。古人既然點破，接著就需要我們自己再細想，以區別對待。

當然，我們比古人要「進步」一點的是我們知道，用一個概念來概括一種人的時候，這個概念已篩選過濾了許多東西，於是，這個概念離開那種人本來的豐富存在往往很遠。所以用一概念規定某一種人時實際上非常困難，就以這二十五種人的概念來說，同一個人，就可以用多種概念來形容他。譬如豬八戒，說他是肉人，倒有些像，他好吃懶做，像豬一樣地嗜好睡覺、嗜好食、色，長得也像豬一樣的肥胖，而智能又低，一個字也不認識，這些均符合肉人的條件。然而，他有時卻也有一點小聰明和小狡猾，而且還有武藝，可和師兄孫悟空協同作戰，後來竟然死心塌地和唐僧走到底，以至成佛。這一下，老豬便從第二十四等的肉人，一躍爲頭幾等的神人眞人了。

對於肉人，作智能判斷比較容易，而作道德判斷就比較困難。甚至可以說，肉人不涉及道德價值判斷。有些肉人很兇惡，有些肉人則很善良。豬八戒就很善良。因此，肉人並不是壞人。當然，也有些近似肉人的人是很惡劣的，例如《紅樓夢》中的薛蟠，此人在下酒令時所胡謅的幾句打油詩，每一句都帶著粗俗的肉味，但他雖沒有道德感，卻很講交情，說他是「肉人」時，是因爲後兩項特徵太微弱，以至使他的「肉」的特點太突出，所以說他近似「肉人」也不寃枉他。

在中國當代文學中，我見到的準確意義上「肉人」的形象有兩個。一個出自台灣作家李昂之手。她的小說《殺夫》中的屠人陳江水，就是個唯知性與宰屠的肉人。他只生活於肉世界，與肉世界的彼岸——精神世界絕對無關。他在肉中欣賞自己的暴力（也是他的本質力），無論是在豬肉中，還是在人肉中。他是肉人，把妻子林市也當作肉人，然而，非肉人的妻子終於不能忍受他的肉的暴力而把他殺死。我在《屠人論》裡分析了這個人，此處只好從略。另一個肉人形象，則出自大陸作家遇羅錦之手。她的小說《一個冬天的童話》，女主人公「我」的第一個丈夫董衛國，就是一個「肉人」。這人善良，勤勞，有力氣，但他除了壯實的身軀之外，其他的屬於人的精神部分幾乎消失了，他無辜，但也無知，無靈。他的存在幾乎是單純的肉的存在。女主人公在北方極端孤獨無援中，找到這樣一個出身很好的肉的存在作爲丈夫。這個存在，一切都無可指摘，他沒有智慧，但也沒有罪過；他沒有靈氣，但也沒有邪氣；他沒有雄心，但也沒有壞心眼。他有愛又似乎沒有愛，他的愛只是肉形態的「愛」。女主人公在初婚的夜晚，看到這個碩大的肉身男人高高地壯實地站在床上，她感到一種莫名的恐懼，但她說不出這個壯漢的罪惡，她無法把他推向任何一個道德法庭。她只能深深地感到這其中包藏著一種不平與不幸，但她說不出這種不平與不幸的理由。而我們倒是可以爲她找到一個理由，這就是因爲這個男主人公是一個無辜的善良的肉人，而女主人公遭遇到的，恰恰是一個富有靈性的女子必須接受一個毫無靈性的肉人的悲劇，或者說，是人的靈必須消亡於肉之中的悲劇。然而，男主人公化爲肉的存在本身又是一個悲劇。這是一個在文化大革命中被剝奪了心靈生長機會的人的悲劇。他不是注定應當成爲肉的存在的，但是，正當他有了肉之後卻喪失了補充他作爲人的另一方面的東西：文化，知識，靈魂。他不是自我剝奪，而是被社會所剝奪。在六、七十年代裡，大陸的一代青年，都遭遇到這種悲劇。僅僅文化大革命，就不知製造了多少像董衛國這樣的肉人。其實，批判「獨立思考」和批判知識分子的政治運動，都是製造肉人的機制。如果政治運動和文化大革命連綿不斷，連知識分子也會退化爲肉人的，與此相應，整個社會就會肉化。李汝珍在《鏡花緣》裡想像出各種各樣的奇異國度，尚沒有想像出一個「肉人國」，我想，倘若他想到，一定會設計出許多令人發笑又令人悲哀的故事。

但是，肉人現象，決不是中國的「國粹」。在西方，「肉人」正在大量繁殖，高度發展的物質潮流正在窒息人的精神。高技術派生出大批的技術奴隸，這就是機器人，而高度發展的經濟，又使人變成廣告的奴隸，這其中有許多就是肉人。而且肉人的生意愈做愈發達，不僅有女妓男妓，還有只知肉的享受的非妓家的普通人，他們常常在電視上作純粹的肉的表演，表演之後，他們的生活也絕對與精神生活無關。世界的現代化浪潮，物質主義的洪波，固然使不發達的國家羨慕，但是，這種潮流正在使社會肉化，使肉人大群大群地產生，這是不是也值得憂慮呢？社會現代化的設計師與推動者們，在呼喚現代化的同時，是否看到人類社會的肉化趨勢呢？我常爲中國的現代化吶喊，但吶喊之後，一想到迅速蔓延的肉人現象，腦子就冷靜得多，甚至冷到會產生一種惡夢，夢見未來的環球世界，乃是擁有金錢的肉人的世界。

——一九九二年·選自香港牛津大學版《人論二十五種》

輯五

獨語天涯

人，
只是宇宙中的一粒塵埃。
人到世上，
是塵埃的偶然落定。
生命終結，
即塵埃飄走。

《獨語天涯》自序

1

我喜歡何其芳年輕時的詩文，尤其是他的《畫夢錄》，出國之後，我常望著高遠的天空和低迴的雲彩，想起其中的名篇〈獨語〉和它的畫夢般的句子：昏黃的燈光下，放在你面前的是一冊傑出的書，你將聽見各個人物的獨語。溫柔的獨語，悲哀的獨語，或者狂暴的獨語。每一個靈魂是一個世界，沒有窗戶，而可愛的靈魂都是倔強的獨語者。借用老詩人「獨語」的概念和它的如夢如畫的詩意，我穿過歷史耀目的長廊，又一次展開心靈之旅。

2

漂流之夜。沒有圓月，沒有星斗，於幽暗中我甚麼也看不見。然而，因爲獨語，我感到肉眼看不見的兄弟姐妹就在身邊，百草千花萬卉就在身邊，遠古與今天的思想者就在身邊。黑暗企圖吞沒一切，但我卻聽到暗影深處和我共鳴的輕歌與微語。我的故鄉就在母親語言與兄弟語言中。我的祖國乘坐語言和我來到另一片土地。故鄉就在蒼老而年輕的方塊字當中。於是，我在虛無中感到實有，在烏黑中看到薄明與亮色。

3

漂泊者用雙腳生活，更是用雙眼生活。他用一對永遠好奇的童孩眼睛到處吸收美和光明。哲人問：小溪流向江河，江河流向大海，大海又流向何方？我回答：大海流向漂泊者的眼裡。歌德在《浮士德》中說：人生下來，就是爲了觀看。眞的，人生下來就是爲了觀賞大千世界與人性世界的無窮景色。所以，在我的遠遊歲月與獨語天涯中，一直跳動著喬尹斯的這句話：漂流就是我的美學。

4

英國思想家卡萊爾說：未曾哭過長夜的人，不足以語人生。日本文學批評家鶴見祐輔在他著寫的《拜倫傳》序言中引述了這句話。

我曾經在最愛我的祖母逝世時哭過長夜，曾經在故鄉的大森林被砍成碎片時哭過長夜，曾經在看到慈祥而善良的老師像牲畜一樣被趕進牛棚時哭過長夜，曾經在殷紅的鮮血飄向大街時哭過長夜，曾經在被拋入異邦之後面對無底的時間深淵哭過長夜，我還經歷了一輪又一輪的煉獄，胸中擁有許多煉獄的灰燼。我應當擁有獨語人生的資格了。

5

像那些在荒漠沙野中身陷孤獨的求道者，我常對自己提出的問題是：「我還能做甚麼？」尋找答案時，想起了尼采的話：眞理開始於兩個人共同擁有的那一刻。可是我只有一個人。然而，我立即想到：主體多重，我不僅是一個現在的自己，而且還有一個過去的自己和未來的自己。分明是三個人。我可以和他們對話，可以和他們共同擁有眞理起程的時刻。

6

在大浪滔滔的既往與未來的合流之中／在永恆與現在之中／我總看到一個「我」像奇蹟似的／孤苦伶仃四下「巡行」

這是泰戈爾的詩句。

我看到的自己也是孤單的身影，踽踽獨行在宏觀的歷史大道與微觀的現實羊腸小路上，獨語在過去、現在、未來三個時間維度上。雖是無依無傍，無著無落，卻與滔滔大浪共赴生命之旅，在莽莽蒼蒼的大宇宙中，與神秘的永恆之聲遙遙呼應。於是，儘管獨行獨語，卻擁有四面八方，古往今來，身內身外。

7

心靈之窗敞開著，面對著共存的一切：太陽與墓地，存在與時間，洪荒與文明，星斗與小草，嬰兒宇宙與孩提王國，羅馬古戰場與阿芙樂爾號砲艦，柏拉圖的理想國與奧斯維辛集中營，荷馬的七弦琴和喬尹斯的意識流，中國的長城與博爾赫斯的迷宮。在思想的漫遊中，我時而與堂吉訶德相逢，時而與哈姆雷特相逢，時而與賈寶玉、林黛玉相逢，時而與達吉雅娜與洛麗塔相逢。衝鋒、猶豫、迷惘、憂傷，不同顏色的獨語，我都能傾聽，而對於我的獨白，他們難道就只有沉默嗎？

8

丹麥哲學家、存在主義先驅克爾凱郭爾在《非此即彼》書中寫道：「你知道，我很喜歡自言自語。我發現，在我的相識者中間，最有意思的就是我自己。」我相信北歐這位大哲人的話，因爲他擁有自己的語言，那是他存在的第一明證。可是，二十年前，我絕不敢承認這句話，因爲那時候我丟失了自己的語言。喪失個體經驗語言，只會說黨派和集團的語言，這不是眞的人，而是一隻鸚鵡，一個木偶，一副面具，一堆稻草，一顆螺絲釘，一台複印機，一條牛，甚至是一隻蜷縮在牆角時而咆哮時而呻吟的狗。

9

九年前的那個夏天，烈日幾乎把我的體力蒸發盡了。在疲憊中，我覺得自己的身上甚麼也沒有剩下。對著天盡頭那灰濛濛的落日，我突然產生一種「驚覺」，這也許就叫做「頓悟」。我想到：頭一輪的生命終結了。過去，我曾經向故國索取過，故國也曾給予過，而我也努力償還，以至最後爲了故國的孩子站在烈日的曝曬下呼喊。能給予的都給予了，我不再欠債。我已從沉重的階級債務和民族債務中解脫。這是生命的大解脫。一陣大輕鬆如海風襲來。輕鬆中我悟到：此後我還會有關懷，然而，我已還原爲我自己，我的生命內核，將從此只放射個人眞實而自由的聲音。

10

驚覺之後，我在鏡子前看到的自己是完整的，不是碎片，也沒有裝飾。這是生命的原版。母親賦予的生命原版，不再被意識形態所剪裁、所截肢、所染污的生命原版。美極了，葳蕤生輝的生命原版。這是神奇童年的心和手，這是自由歌哭的咽喉，這是叢林般的還帶著嫩葉清香的頭髮，這是親吻過大曠野並播放著泥土潮味的嘴唇，這是能看穿皇帝新衣的眼睛，這是瞳仁，閃閃亮亮地正在映射每日常新的太陽。

我要在生命的原版上寫下屬於自己的文字。我的仁厚無邊的天父與地母，我愛你，我要獻給你最美麗的禮物：心靈的孤本，生命的原版，和天涯的獨語。

11

拒絕合唱。埋頭在山西高原上寫了《厚土》、《舊址》、《無風之樹》的李銳，突然抬起頭來說：拒絕合唱！這是一個寫作者在黃土高坡上的獨語，然而，它該也是，該也是一代驚覺者的獨立宣言。我要在宣言書上簽字，我要在簽字後發出更響亮的生命的歌哭，我要獨立咀嚼天地的精英然後獨自吐出我的蠶絲我的獨唱和可能的絕唱。合唱已吞沒了我的青年時代，我不能再把整個人生送到合唱裡，我已看清合唱的媚俗與空洞，我已給合唱的指揮員發出拒絕的通知。

12

沒有拒絕，便沒有生活。沒有良知拒絕，不可能有良知關懷。面對黑暗與不公平，左拉發出的聲音是：「我抗議」；冰心發出聲音是：「我請求」！請求是妥協性抗議，也不容易。我無法再面向龐大的客體，但我可以要求主體發出聲音：「我拒絕」！至少必須拒絕謊言，失去拒絕能力，就意味把自己交給撒謊的世界。

13

此刻，康德從他的林間小道散步到我的心間小道。依依稀稀，我聽到了他的獨語：「人之可貴，是他只遵從自己所發出的法則。這些法則不是他人提供的，而是自己生產出來的。」這是康德對我的第一百次提醒。不錯，我的主體黑暗主體懦弱主體混亂主體匱乏都是因為我太崇尚他人提供的原則，遵從的結果只有一個：只能說他人的話，無法履行內心的絕對命令，包括天真天籟的命令。於是，正如天空失去星辰，我失去了地上的道德律。

14

窗外是穆穆的秋山，山中是娓娓的秋湖，窗內是雪白的書桌，桌上是素潔的稿子。沒有人干預我、騷擾我。太陽只給我溫暖與光明，沒有叫嚷；思想大師與文學大師們只給我智慧、思想和美，沒有喧囂。偉大的存在，毋須自售。活著真有意思，活著可以和太陽、山川及人類的大師們交談。緊緊抓住活著的一剎那，一片刻，一瞬間。死了之後，太陽對於我沒有意義，大師的精深與精采也不再屬於我。

15

層巒起伏的遠山，在繚繞的薄霧中屹立。夕陽還在，黑夜尚未完成它的大一統。我又沉浸於寂靜中。我不僅看到寂靜，而且聽見了寂靜。易卜生在《當我們這些死者甦醒的時候》一劇中，讓一個人物輕輕地問另一個人物：「瑪亞，你聽見寂靜了嗎？」如果這是問我，我要回答：聽見了，我聽見了群山孤嶺的寂靜，聽見了星河銀漢的寂靜，聽見了高原上大森林顫動的寂靜和雲天中兀鷹翺翔的寂靜，聽見太陽與小草在相依相托中愛戀的寂靜。寂靜不是死滅，寂靜是孕育。死亡是轟動，孕育是沉默。

16

不僅是易卜生聽到了寂靜，所有天才的詩人與作家都能聽到寂靜。他們具有第二視力也具有第二聽力。這種聽力是偉大的造物主賜予他們的內聽覺。貝多芬耳朵聾了的時候卻創造了人間最美的音樂，他顯然聽見了大寂靜中的大韻律。第二聽覺使大藝術家們從「無」中聽到「有」，從虛空與沉默中聽到潛在的大音，這是萬物萬有從「無」中遠遠走來的足音，這是正在孕育、正在誕生的足音。不論是從母親腹中走來的孩子還是從宇宙深處走來的星光，他們都能聽見其天樂般的情韻。唯有這些無聲中的有聲，具有永恆之美。

17

薇拉．妃格念爾，我心目中最高貴、最美麗的俄羅斯女性。妳出身貴族家庭，才貌非凡，本可享受人世奢華，卻偏偏同情窮人、投身革命而坐牢二十年。妳在自傳《俄羅斯的暗夜》中說：「孤獨與寧靜使人心神專注，更能傾聽過去的訴說。」人類精神寶庫中最豐富的部分，不是今天的訴說，而是過去的訴說，是從蘇格拉底、荷馬開始的偉大死者們的訴說，這些精神戰士的訴說鐫刻在書本上。書本沒有聲響。書海是一片大寂靜。

18

此刻，我聽到了「過去的聲音」，聽到了柏拉圖與亞里斯多德的訴說；聽到了康德與陀思妥耶夫斯基的訴說；聽到了喬尹斯的《尤里西斯》和普魯斯特的《追憶似水流年》。他們的訴說是那樣冗長而深奧，我常常站在他們的門外。這回，孤獨與寧靜把我帶進門裡，我終於領略了他們的訴說。《尤里西斯》的門檻，連福克納都覺得難以踏進，但他踏進了。他說：「看喬尹斯的《尤里西斯》，應當像識字不多的浸禮會傳教士看《舊約》一樣：要心懷一片至誠。」孤獨、寧靜、至誠，這三者把我的心扉打開了，過去一切最深邃的獨白與對語汩汩地流入我的血脈，多麼美妙多麼迷人的過去的訴說呵，可惜我傾聽得太晚了。

19

妃格念爾，當沙皇的王冠落地，當妳所獻身的目標像東方日出，當人們都沉醉於革命的狂歡節之中，妳還喜歡孤獨與寧靜嗎？寧靜與孤獨是逍遙之罪嗎？妳會爲狂歡節中的孤獨者與獨語者辯護和請命嗎？記得帕斯捷爾納克在《日瓦戈醫生》裡對著狂歡的人群說：個人的生活在這裡停止了。眞的停止了嗎？應當停止嗎？革命注定要抹掉個人生活與獨自行吟的權利嗎？能回答我嗎？詩一樣美麗的革命家與悲劇創造者。

20

夜半時分，我推開了窗戶。窗外除了遠空中的幾顆疏星閃爍之外，全是無。無聲、無息、無歌、無曲，千山無語，萬籟無音，連長堤那邊的公路上也沒有喧囂，沒有笛鳴。寧靜壓倒一切。此刻，我意識到大寂靜的濃度。濃得像蜜，像酒。我聞到蜜和酒清洌的香味，並渴望吮啜。於是，我朝向空中伸出雙手，然後深深呼吸。我的思想除了需要鹽的泡浸之外，還需要蜜和酒的滋潤。偉大的、遼闊的北美大地，對於別人來說，也許意味著黃金，意味著白銀，而對於我則意味著這蜜和酒。

21

天底下有誰會像我這樣迷戀蜜和酒？天底下又有誰在痛飲一片虛無的液汁後又如此迷戀自己的獨存獨在獨思獨想獨歌獨訴獨言獨語？如果不是被群體的喧囂所愚弄，如果不是當夠了被偉人與群眾操縱的布袋木偶，如果不是聽夠了以階級的名義革命的名義國族的名義發出的慷慨陳詞，如果不是看夠了用一千副面具一萬副面具表演的歷史悲劇與鬧劇，如果不是連自己也說煩說膩了從一個模式裡印出來的話語，我怎能從睡夢中醒來，怎能知道夜半的蜜夜半的酒夜半的大寂靜如此清醇，一滴一滴都會激發我生命的自由創造與自由運動。

22

終於遠離噪音。我的故家就在深山老林中。小時候，我害怕猛獸，但喜歡聽到山谷裡的虎嘯，那一聲聲雄偉，啓蒙了我的孩提時代的豪情。然而，我始終討厭蚊子的嗡嗡，這種噪音眞會傷害人的靈魂。我少年時的浮躁，顯然是蚊子激發的。叔本華認爲思想者最好是個聾子。他厭惡噪音，以至埋怨造物主造出人的耳朵必須始終豎著始終開放著是個極大的缺陷。如果耳朵可以自由開翕，隨時可以關閉，生活一定會美滿得多。

23

都說上帝擔心人們沉醉於寂靜安寧的生活，會不思進取，才製造出撒旦來激活人的熱情。可是，我明明看到太陽是孤獨的，月亮是孤獨的，它們毋須魔鬼的刺激也天天放射光明。上帝何嘗不是孤獨的。只有魔鬼才喜歡吵吵鬧鬧。

24

一直在構築一個屬於自己的精神故鄉，但是我的故鄉與周作人的那種「自己的園地」不同。我並未築起一道與世隔絕的籬笆，然後躲在籬笆裡談龍說虎，飲茶自醉，顧影自憐。我只是在家園裡獨自沉思，而思索的根鬚卻伸向大地的底層與心臟，每一根鬚都連著時代的大歡樂與大苦悶，也連著鄉村、城市、大道、監獄和廣場。我的園地封閉著又敞開著，孤立著又漂泊著，躲藏著又屹立著。這不是風雪可以吹倒的茅棚草舍。

25

世界很大，人群熙熙攘攘，但無處可以傾訴。正如四周都是海，但沒有水喝。處於人群中的思想者就是處於滄海中的孤島。思想者的人生狀態注定是孤島狀態，能在孤島上翹首相望，作歌相和，便是幸福。

26

我喜歡獨自耕耘，遠離人群的目光。

美國作家愛默生說：「我愛人類，但不愛人群。」我的心與愛默生相通。人類整體是眞實的，每一個體也是眞實的，但一團一團人群的眞實卻值得懷疑。

人群是甚麼？人群就是「戲劇的看客」（魯迅語），天才的刺客，人血饅頭的食客，寡婦門前擠眉弄眼的論客；就是今天需要你時把你捧爲偶像的喧囂，明天不需要你時把你踩在腳下的騷動。

27

人群不認識梵高。此時他的畫價創下世界紀錄，可是生前只賣出過一幅畫：《紅色的葡萄園》。售出的場合是布魯塞爾的「二十人畫展」上。他創作了八百幅油畫和七百件素描，可是個人畫展是他死後兩年才舉辦的。

人群把活著的梵高視爲瘋子，把死後的梵高視爲神。眞的梵高活著時只能對著天空與畫布傾吐，死後只能在向日葵綽約的花影下沉默。

28

陽光如火的中午，一群黑鳥自遠處飛來，遮住了天空與太陽，然後飛進梵高的眼裡。這之後，他完成了最後一幅畫：《麥田上空的烏鴉》。第二天，他仰望無底的蒼穹，用手槍頂住自己的太陽穴，摳動扳機，死在金黃色的麥田裡，離開了蒼白、冷漠、與美隔絕的人間。

給天才送行的只有烈日、雲影和麥地上輕拂的風，之後還有他的七個親人和友人。梵高的死與群眾無關，正如他的存在以及不朽不滅的圖畫，與群眾無關。

29

蘇格拉底死於人群的愚昧。在三十人少數專政時期，他被禁止講學；在民主時期，他被判處死刑。當時的審判官有意釋放他，可是情緒激憤的群眾，卻要利用選舉權把他處死。人群乃是情緒的傀儡。寡頭專政是可怕的，民主名義下的群眾專政也是可怕的。群眾常常踐踏天才與處死天才。

蘇格拉底不屬於任何組織和集團，只堅信雅典城傳統的法律概念。他只和個人交談，視個人爲絕對的、批判任何事物的生命存在。蘇格拉底是人類早期最卓越的獨語者。他的語言不是集團的語言，他從來不是集團的代言人，也不是大眾的代言人。可見，世界的哲學從一開始就是個人的聲音。

30

眞理活在事物深處。它不是鬧轟轟的集體眼睛可發現得了的。它需要個人的眼睛去體察、去發覺，所以眞理常常在少數人手中。群眾雖然佔有多數，但未必佔有眞理。雨果曾經大聲地叫道：「站在多數一邊隨大流？寧肯違背良心受人操縱？絕不！」（引自《雨果傳》第四三七頁，湖南文藝出版社）這是天才的拒絕。知識分子拒絕群眾比拒絕政權還難，所以許多知識分子都是民粹主義者。

31

生活在矮人群裡而要求得安全，就必須自己也是矮人。或者屈膝跪下，顯得比矮人還低；或者低下頭去，眼睛只看自己的腳趾，這才平安。身上高於矮人的部分都是禍根，如果高出整整一個頭顱，脖子可能會被砍斷。然而，必須有敢於不怕削去頭顱的大漢在社會中站立著，社會才有活力和境界。有人批評過日本，說它是一個沒有柏拉圖與亞里斯多德的希臘，但是，近代的日本出現了福澤渝吉、伊藤博文、川端康成、三島由紀夫，日本人應當可以反駁批評了。

32

普希金的詩吟：我的無法收買的聲音，是俄羅斯人民的回聲。普希金愛俄羅斯人民，但不愛一團一團的人群，也不奢望人群會聽懂他的聲音，於是，他又說：「在冷漠的人群面前／我說著／一種自由的眞理的語言。／但是對凡庸愚昧的人群來說／可貴的心聲卻可笑到極點。」

人群的評語並不重要，重要的是可貴的心聲。

如果死亡不能把我從宇宙中趕走，那麼，唯一的原因就是因爲我留下了未曾背叛自己的眞實的個人的聲音，和統一的聲音不同的聲音，從強大的集體聲浪中跳出並存活下來的聲音。

33

十幾年前，我寫作〈愛因斯坦禮贊〉時，筆下情思洶湧，彷彿有神靈在搖撼我的身體與靈魂。愛因斯坦就是神靈的使者，他到地球上告訴人類許多眞理，還告訴我一個眞理：人，只是宇宙中的一粒塵埃。人到世上，是塵埃的偶然落定。生命終結，即塵埃飄走。

愛因斯坦給我一種眼光：從宇宙深處看人的極境眼光，從無窮遠方觀察自身的莊子式的

「齊物」眼光。這是偉大的人文相對論。這種眼光使我知道自己在宇宙中的位置，使我心志昂揚但又擺脫人間自大的瘋人院。

——一九九九年・選自香港天地圖書版《獨語天涯》

《山海經》的領悟

1

當八十年代中期中國作家在尋根的時候，我無所作爲。因爲我早已清楚我的根在《山海經》裡，在那個草樹蓁蓁密密，到處洋溢著原始野性與洪荒氣息的神話世界裡。那是一個人、神、獸三位一體的世界，那是一個生命無邊無沿、無拘無束的世界，那是一個不長心術權術也不長教條酸果的世界。無論是蛇身人面還是龍身人面的龐然大物，都是不加粉飾的、最本眞的大地的兒子。

《上海經》是虛構的神靈故事，但它又是中華民族最本眞的歷史和最本眞的性格。虛構本身就是建構，虛構也創造歷史。

2

追日的夸父，填海的精衛，以乳為目的刑天，補天的女媧，治水的大禹，這些遠古的神話英雄，他們身上活潑而堅韌的神經，就是我的根，他們的名字就是我靈魂的血肉與骨骼。靈魂是需要血肉與骨骼的，更需要脊梁。人世間跪著與匍匐著的靈魂太多，而且長出了蘚苔與莠草，所以我更是緬懷偉大祖先那堅韌的、赤子的靈魂。

3

原始神話告訴我：你的祖國的偉大日神是一位女性，她是帝俊之妻，名字叫做羲和。她生育了整整十個太陽，並在甘淵這個地方完成了輝煌嬰兒的洗禮。每一個太陽都是必須的。說后羿射下九個多餘的太陽，那是《淮南子》編造的。我從偉大的女性日神中得到啟示：我心內也需要有十個太陽。我需要有多重多元的光明之源，需要有四面八方的暖流與知識流。

4

我身內十個太陽的名字是夸父、精衛、刑天、女媧，還有曹雪芹、荷馬、柏拉圖、莎士比亞、歌德與托爾斯泰。每一個太陽都不能少。我所以能睥睨烏雲，輕慢寒風暴雪，心靈上空常有朝霞，黎明與黃昏都蓄滿暖意，就因爲胸中有著十個燦爛奪目的太陽。有這些永恆永在的驕陽麗日相伴相隨，還怕黑暗與黑暗的動物嗎？還感嘆人生缺少流光溢彩嗎？

5

彷彿是在青年時代，那時我丟失了十個太陽，只留下一個人造的赤熱的太陽。儘管人們說，這是最紅最紅的紅太陽，儘管我十年如一日地生活在它的光環中，留下的卻全是黑暗的記憶。

6

追超烈日，塡平滄海，補修蒼天，斷了頭顱之後還照樣操戈舞劍，這有可能嗎？誰都會回答不可能。然而，遠古的英雄卻把不可能當作可能去爭取、去努力、去拚搏。知其不可爲而爲之，知其不可能而能之，這正是東方偉大的日神精神，中國永遠不滅不亡的原因。我的故土上的五個太陽，每一天都以它璀璨無比的光波提示我：別忘了，別忘了故國大地上第一曲英雄的悲歌和它的主旋律。

7

夸父面對燃燒的火海，精衛面對蒼茫的汪洋，刑天面對失去頭顱的身軀，大禹面對漫衍中國的洪水，女媧面對破敗的天空，他們都有絕望的理由。但是，他們面對絕望而反抗絕望。我們的祖先是一些硬在絕望中挖掘出希望並發展希望的偉大孤獨者。在他們開天闢地的茫茫史篇中，每一頁都鐫刻著這樣的眞理：人活著，不是爲了等待希望，而是爲了創造希望。

8

法國思想家埃德加．莫林和他的朋友這樣闡釋他們的希望原則：「不是希望使人活著，而是活著產生希望」。或者說：「活著孕育了希望，希望又使人活著。」刑天不僅體現這種希望原則，而且啓示後人：人類可以在自己的身上完成「復活」，即實現再生，可以在更新生命中實現新的希望。在險惡的逆境中，首要的原則是不要倒下，即不被命運所擊倒，然後重新創造命運。生存、死亡、復活；希望、破滅、再生。這正是時空軌道上永恆的生命鏈。

9

夸父眞傻，精衛眞傻，女媧眞傻。太陽追得著嗎？大海塡得了嗎？蒼天補得上嗎？跋涉一個個白天與黑夜，口銜一塊塊細小的木石，手捏一團團的泥土，不分朝夕，不捨晝夜，奮不顧身地作力量懸殊的較量，勇敢、執著、堅韌，一身俠骨與傲骨。他們做著聰明人嘲弄的事業，卻走上聰明人無法企及的天地境界：在蒼穹與大地之間展開彩虹般的自由羽翼。

10

不是爭取成功，只是爭取信念。他們的眼睛緊緊地盯著前邊那個美麗的目標，不知道什麼叫做勝利，什麼叫做失敗。魯迅說：「中國少有失敗的英雄。」因爲中國人失落了遙遠的祖先的大心靈與大氣魄，而落入「勝者爲王，敗者爲寇」的勢利理念中。

11

《紅樓夢》中的諸多人物誰最傻？除了一個傻大姐之外還有一個傻哥哥，這就是賈寶玉。傻大姐是天生的白癡，什麼也不懂。傻哥哥可有大愛與大智慧。呆中的迷惘，癡中的執著，傻中的正義與公道，憨中的詩書評論與大迷惘，沉默中的逃離家園和告別塵界，哪樣不是眞性情與眞智慧，賈（假）不假，傻不傻，能在僵屍國裡守住點活靈魂、活情感就不傻。

聰明人只能沾染太陽的一點光輝和大海的一抹浪花，他們永遠是太陽與大海的局外人，而憨傻的夸父與精衛卻溶入太陽和溶入大海，化作偉大存在的一部分。聰明人早已灰飛煙滅，傻子卻與太陽、大海一起穿越時空的圍牆與邊界，活到今天。

12

精衛雖小，但她選擇的是最強大的對手，是一望無際的大海。夸父和羿也選擇最強大的對手，那是光焰無邊的太陽。這是知其不可敵而敵之。美國梅爾維爾的《白鯨記》也有一個類似夸父、羿和精衛的鐵漢子阿哈巴，他對任何一般的鯨魚全然不感興趣，就盯住一頭大得像一座雪山、名叫摩比·狄克的白鯨。他選擇的也是天下最強大的敵手，並相信這不僅是身體的較量，而且是靈魂的較量。知其不可敵而敵之，知其不可爲而爲之，便是靈魂的絕對凱歌。

比阿哈巴更著名的唐·吉訶德，所以一直鼓舞著知識分子，也正是他敢於選擇巨大的風車作爲自己的敵手，知其不可爲而爲之。《白鯨記》、《唐·吉訶德》的精神與《山海經》的精神相通，共同謳歌的是人類一往無前的卓越精神。

13

夸父追逐太陽，最後溶入太陽。太陽是他所求的道，不屈不撓的求道者最後得道並化爲道的一部分。夸父求的是光明之道，他的名字是光明的一角。

每天每天，當太陽從山那邊的岩角上噴薄而出，金黃色的光焰灑向花叢、草地、屋頂和圖畫般的窗口，我就想到，這是夸父的精靈，原始的，野性的，赤裸裸的，單純的精靈。這些精靈一走入我的身心，我就想行進，想嘗試，想奮發，顯然，他們在我的生命當中又投下了神秘的熱能。

14

存在者是肉身，它屬於形而下國度；存在是道身，它屬於形而上國度。海德格爾叩問存在，而《山海經》英雄，則是存在本身。夸父、精衛、刑天、女媧都告訴我：存在者不可沉湎於帝王之家、溫柔之鄉。宮殿裡的蟲豸還是蟲豸，瓊樓玉宇中的貓狗還是貓狗。要奮飛，要長出穿越滄海怒浪的雙翼，要尋找存在的意義。

15

夸父、精衛、刑天、女媧：天地之間永恆的天眞；只知耕耘、不知收穫的天眞；只知奮飛、不知占有的天眞。有天眞在，便不顧路途中的巨火烈焰，人生中有滄海般的大苦難，貼近目標時有斷頭的危險。有夸父、精衛、刑天、女媧的名字在，就會有偉大的耕耘者與追求者。王朝明明滅滅，天眞的探尋者卻生生不息。

16

夸父沒有群落與國度，精衛告別父親炎帝之後成了東海的流浪者，刑天則獨往獨來，女媧是最偉大的孤獨者。他們以天地爲居所，沒有故鄉，然而，他們爲他人創造故鄉。夸父在死亡的時刻還把自己身體的一部分拋入人間，化作一片桃林。那就是千秋萬載無數炎黃子孫的家園。

17

刑天丟了頭顱，但心還在。心靈可以長出另一種眼睛。原始英雄擁有大心，但沒有巨大的腦。大心裡有大性情、眞性情。現代人腦的發達卻使心縮小，小到容納不了一點眞情眞性。夸父的性情彌漫天空，精衛的性情覆蓋大海，刑天的性情穿越古與今。我的心裡建造了夸父塔、精衛塔、刑天塔，好在人欲橫流的世上守住一份眞性情，遏制住心的萎縮。

18

剛毅木訥者天然地藏拙。拙中有大智慧。大禹治水三過家門而不入，女媧補天千秋萬載而不知疲倦。夸父無言，精衛無語，刑天無音，原始的大英雄們都是拙人、拙神。他們不是修煉於口舌，而是修煉於肝膽和性情的最深處。精彩的人生不怕拙，精采的文章也不怕拙。

19

我喜歡女媧，不喜歡共工。撞斷天柱容易，建構蒼天和修補蒼天卻很艱難。破壞天柱不是工程，補天卻是偉大的工程。女媧的勞作是大寂寞，沒有人知道她流過多少汗水。共工流了血，流血轟動了天內天外，人們都知道他是革命英雄。英雄的標尺變了，所以人們崇拜血與暴力。我要質疑這個標尺，爲女媧，也爲精衛：你，才是眞正的英雄。

20

白雲千載，藍天悠悠，誰是中國第一代理想主義者，誰是山高海深的第一代大夢的主體？是精衛，是夸父，是女媧。移山塡海，修天補地，中國的遠古有大浪漫、大理想。可惜中國今天只剩下小浪漫：作家筆下的情愛小故事，霓虹燈下的色情小夜曲，精衛當年奮戰過的東海碧波中的小寓言。

21

遠古時代的鳳凰美麗而自由，牠「飲食自然，自歌自舞」，快樂地翱翔於原初的日月山川之中，可是，不知道從什麼時候開始，它被文化改造了，「五彩而文」：「首文曰德，翼文曰義，背文曰禮，膺文曰仁，腹文曰信」（見《西山經》）。從此，鳳凰的頭顱變得沉重，翅膀變得沉重，身軀變得沉重。中國的鳳凰既然背負德、義、禮、仁、信，怎能自由的「自歌自舞」。我謳歌精衛，同情鳳凰。但願鳳凰的翅膀不再負荷過重，眞的可以自歌自舞，如我今日自語自說。

——一九九九年・選自香港天地圖書版《獨語天涯》

輯六

父女兩地書

但我們仍然可以談出新意，
說出新話，
這就全靠思想的照亮，
無限的樂趣就在這一重新照亮之中，
快樂的巔峰也正是在思想的發現之中。

兩地書寫的快樂

——《父女兩地書》自序

北京師範學院退休教授、我的摯友呂俊華老師在給我的信中說：「你有兩個聰穎單純的女兒，這是一種超人間力量的安排。」呂老師似乎是個有神論者，他認定個人要在荒謬混亂的力量包圍拉扯中保持自身的完整和尊嚴，心中必須存有另一種力量，能聽到另外一種聲音和感受到另外一種超常的秩序與尺度。我雖然是個無神論者，但也喜歡作類似的形而上假設，相信在一個高於人間的某處，有一雙觀看著我們的眼睛和評價我們的力量，並相信在現實中它常給予我暗示。兩個女兒的純真天性，就被我看作一種暗示。她們暗示我：不要忘記天賦的美好性情而去追逐永遠難以滿足的身外之物，那裡是一個填不滿的黑洞。

歌德曾說：「永恆之女神，引導我前行。」一個作家離開女神的引導是不可思議的。因此，作爲無神論者的我，又假設兩個女兒就是上蒼派往人間引導我前行的「女神」，不過，只是常做鬼臉的小精靈似的非權威的女神。

女兒對我的導引並不是世俗意義的那種「指示」，而是一種自然的啓迪，天籟的命令。自從她們能夠和我對話之後，我便奇怪地感到有一種來自天外的清新氣息在影響著我。這種影響是無言的。女兒天然地生活在仕途經濟世界的彼岸，天然地遠離爭鬥、猜忌、仇恨，因此也天然地對人類採取絕對信賴的態度。尤其是小女兒劉蓮，更有性格的詩意。儘管她尚未進入小學就會讀金庸小說，聰明過人，但從來也不懂得計較，不知「算計」是何物。到溫哥華的時候，她已是十五歲的少女，聽了神學院的教授講一段人生經歷，便信了基督。她覺得這個只活了三十三歲的木匠之子被釘到十字架並化做神爲窮人服務的榜樣，是值得學習的。於是，她又從《聖經》中吸收美好的愛意。

劍梅比劉蓮大十歲，天生不喜歡政治，總是浸泡在文學中，也天然地遠離名利場。她的生活一帆風順，所以我特別希望她能保持好性情。人過中年之後，我更覺得好性情、眞性情的難得。劍梅已踏入知識界的門檻。知識固然能造就人，但知識也能化作權力腐蝕人。一旦擁有知識和相應的名號，便可能把自己視爲「高等人類」開始爭奪名位而看不起社會底層的工農。許多學者雖名聲在外，卻腐敗在內，非常自私、冰冷。這種人生，是拿著性情去與魔鬼交換知識。「知識也能腐蝕人」，許多很有知識的人未必充分意識到。但劍梅似乎天生就感悟到這一點，所以她一再告訴我，她要反抗這種腐蝕。像一個知音，她也從這樣的角度理解我。這便形成我們對話的基調。

一九八九年夏天，我在故國南方猶豫一個多月，要不要出國，始終拿不定主意。後來妻子菲亞想到應當問一問孩子，於是就打電話給小梅，沒想到她的聲音斬釘截鐵：「走吧，走得愈遠愈好！」我出國後問她，爲什麼這麼想？她說她想得很簡單，沒有那麼多問題，尤其是沒有那麼多「男人的問題」和「名人的問題」。她只想到，爸爸的時間不能再丟失了，一些好性情也不能再放在「鬥爭場」中消耗了，只有遠處才可安放平靜思索的心靈。現在出國已整整十年了，想想以往，覺得她說的「愈遠愈好」確有道理，有空間距離，所有的思索才能返回率眞冷靜。走出「鬥爭場」之後，覺得世界眞大。

從女兒的「天啓」中，我感悟到「女兒」這一意念在文學中異常重要，覺得曹雪芹把少女視爲美的象徵非常有道理。少年女子天生在「仕途經濟」之外，即天然地站立在「泥世界」的彼岸。濁泥世界以名聲、地位、金錢把男人誘入其中，使他們互相廝打，然後個個都滾上一身泥巴。這身泥巴不是大自然中素樸的泥土，而是發著酸臭味與銅臭味的污穢。《紅樓夢》的主角賈寶玉所以能處污泥而不染，至死保持著天眞與清氣，全靠女兒國中年輕女神的指引。他這塊天外的頑石，獲得靈氣之後來到人間，很可能再被人間的朽氣腐蝕掉，從而變成爛泥或者再次化作冰冷的石頭，然而，林黛玉等少女的眼淚柔化了他，拯救了他。她們那些未被世俗塵土染污的、發自天性最深處的淚水，正是蒼天的甘霖。這些生命之露，繼續養育著頑石的靈氣與性情，使他從彼岸世界帶來的那塊寶石依然發出純正的光芒，而免於被世俗世界的濁泥所同化。聶紺弩臨終之前一再嘆息他此生此世最大的遺憾是沒有寫下《賈寶玉論》。我不知他的最後的論文要說些甚麼精采的話，而如果讓我來做續篇，我要寫的寶玉，便是一塊被眼淚所洗淨的石頭，一個被女兒國的女神引導前行而保持眞性眞情的生命。在大觀園的女兒國裡，只有一個男子可以寄寓其中，這就是賈寶玉。其他男子對這個國度只能窺伺、覬覦、掠奪與侵犯。在曹雪芹的審美眼睛裡，「女兒」就是美，就是眞，女兒國就是美的共和國，塵埃包圍中的淨土。寶玉有幸也成爲淨土中人。他的最後的出走，乃是自我放逐。此時，他的雙親雖在，但是讓他存放眞性眞情的女兒國已經消失，能夠賦予頑石以永恆之性的淚水已經乾涸，父母之鄉中能給予他的只有虛假與迷惘。到此再也別無選擇，只有「告別」了。很明顯，在曹雪芹的巨著中，「女兒」正是引導寶玉前行的純眞女神。

讀大學的時候，教我《西洋文學史》的鄭朝宗老師特別愛護我，一再提醒我要留意西方文學中的英雄與美人，尤其是那些年輕女性。他說，希臘史詩中英雄爲最美的女性海倫而戰爭，戰爭的雙方無所謂正義與非正義，兩邊的英雄都爲美而傾倒，而流血。但丁閱覽地獄是羅馬詩人維吉爾把他帶到地獄的門口，而這位被稱爲「羅馬時代的荷馬」的大詩人又是受但丁生前的女友、此時的女神貝亞特麗齊的委託而來的。詩人們正是在永恆之女神的導引下認識了世界的過去與未來。莎士比亞所創造的世界文學巔峰，巔峰上的星辰全是女性，如米蘭達（《暴風雨》）、朱麗葉（《羅密歐與朱麗葉》）、苔絲德蒙娜（《奧賽羅》）、奧菲利婭（《哈姆雷特》）、克莉奧佩特拉（《安東尼與克莉奧佩特拉》）、鮑西婭（《威尼斯商人》）、貝特麗絲（《無事生非》）、羅瑟琳（《皆大歡喜》）、薇奥拉（《第十二夜》）等等，這些女性溫柔而堅貞，總是做出男子未能做出的事業。她們不僅具有男子不可比擬的美貌，而且具有男子所沒有的對於愛情的堅貞，連恩格斯都稱她們是一些「可愛而奇怪的女性」。所以「奇怪」，就是她們具有男子所沒有的神性——擺脫濁泥世界權勢慾望的清脫之性。相互傾軋的世界，就像《羅密歐與朱麗葉》中兩大家族勢不兩立，在豪宅中進行著無休止的熱戰與冷戰，而身處家族中的兩個情侶則冰清玉潔，與家族毫不相干。朱麗葉在想念羅密歐時說「你的名字就是我唯一的仇敵」，她生活在純眞的淨水世界中，只有愛人的名字日夜折磨著她的心靈，用中國話說，這是唯一的冤家。除此之外，男人世界那些名聲、地位、權勢的焦慮她是沒有的。父輩的敵人也不能成爲她的敵人。她天生沒有怨恨，沒有仇敵，沒有幫派。我曾告訴劍梅，朱麗葉這種性情才是我們的「大方向」。莎士比亞筆下眾多美麗而聰明的女子，每一個都是引導我們前行的女神。

在與劍梅的通訊中，我從未想去教誨她。但的確渴望她能成爲莎士比亞筆下這種可愛的女性，而不希望她按照學院裡所學到的「女權主義」那種觀念來塑造自己的性格。女權主義對於我來說，一直是可怕的。倘若可信，也絕不可愛。女權主義的前提是男人對女人的壓迫。這有社會學的意義，但社會學意義不等於文學意義。倘若把女權主義帶入文學，就可能產生毀滅女性美的效果。可以設想，如果莎士比亞當時被女權觀念駕馭他的筆桿，那麼世界文學史長廊就不會有朱麗葉、苔絲德蒙娜等一系列最動人的女性形象，人間的情感世界就會乏味得多。托爾斯泰不喜歡莎士比亞，他覺得莎士比亞筆下各種不同性格的人物，其腔調與語言都是一樣的。然而，托爾斯泰的成功，卻遵循著與莎士比亞同一的絕對的美學律，這就是把女性視爲美的象徵，在精神深處讓女性導引男子前行。他在《戰爭與和平》中塑造了娜塔莎，在《安娜·卡列尼娜》中塑造了安娜，在《復活》中塑造了瑪絲洛娃。這三個不朽的女性正是托爾斯泰的精神導引者。在托爾斯泰的審美眼睛中，女性是絕對需要與男性有大區別的。她們需要有女性的溫情，一旦男性化，這種溫情就會消失。他絕對不能容忍女性變成男子一樣的所謂「強者」、「強人」。他說，他希望女人是柔弱的，甚至經常有病，一個完全不會生病的強壯的女人，簡直就是野獸。他這種極端化的見解，表明他對文學的一種堅定認識，即文學的「優美」範疇永遠屬於女子，「壯美」範疇則屬於男子。女子雖有瞬間的壯美，但不應當成爲女人的基本審美特徵。這種審美觀不是不尊重女性，恰恰是在尊重女性權利的同時尊重女性的特點。當代時髦的潮流是用男子的特徵去同化女性，在中國當代文學中出現的李雙雙、江水英等形象，就是用男子的粗糙性格去同化女性。可是，這種女性表現出來的只是豪言壯語包裹著的變態性格，一點也不可愛。

在社會學意義上，女權主義確認女子與男子具有同等的社會地位與社會權利，這是有道理的。在文化上，大男子主義的敘述也的確是一種不合理的權力敘述，中國的某些史籍把女子當做「禍水」的敘述就是一種錯誤的敘述。女權主義對此進行批評是很有說服力的。但是在文學寫作中，卻必須確認男子與女子有生理上與心理上的差別。文學把人視爲生理存在特別是視爲心理存在，更重視心理差別。在生理上，男子會長鬍子，女子則不能；在心理上，女子的情感更爲細緻敏感，更把情感視爲最後的眞實。只有正視女性的特徵，文學才能動人。女性主義對文學可能形成的嚴重的危害，就是造成性別的混亂，瓦解女性那些最動人的美學特徵，使文學失去最根本的精神導引，也喪失文學的審美向度。這是一個非常尖銳的問題，它涉及文學的整體變質的根本問題，所以我不能不鄭重地說說。

我的這些看法是很古典的，與女權主義的現代批評可能格格不入，也可能無法使劍梅心悅誠服地接受。但是，這並不影響我們的對話，反而會使我們的討論走向較深的領域。

——原載二〇〇〇年十二月《讀書》雜誌

論慧根與善根

爸爸：

錢鍾書先生有一觀點，就是學士不如文人。他說「文人慧悟逾於學士窮研」。類似的觀念在《管錐編》一再出現。這才使我想到許多詩人作家確實比學者聰明。

我很喜歡「慧悟」二字。嚴羽在《滄浪詩話》中所說的「妙悟」，我也喜歡。但慧悟卻使我知道妙悟並非憑空而來，它需要有智慧的助力。你在〈散文與悟道〉一文中說，寫一篇散文，總是先有所悟才下筆。有所悟，便有所得。「所得」的便是思想或者說是屬於你自己特殊的情思。藝術發現恐怕就在這瞬間的頓悟之中。

不過，籠統說學士不如作家，似乎也不妥。錢先生所說的學士，是指中國傳統的經士、註家、學究，並不是我們現在所說的思想家、哲學家、史學家這類學者。這類學者的大智慧，常常會「驚天動地」。柏拉圖、尼采、康德、馬克思等，就可說是驚天動地。學者之中，有的是學大於識，有的則是識大於學，有的則是學識兼備。飽覽詩書之後，如果未能慧悟，恐怕就難以有識。像我這種所謂「博士」，多半只是如錢先生所說的「窮研」與「學究」，將來也只能算是個「書櫥」，天底下努力讀書的人處處都能找到，但眞正具有「詩識」、「文識」、「史識」、「器識」的人卻很少。尼采的許多思想觀念，我並不贊成，但讀他的書，卻不能不承認他才華過人，思想的激浪一直追拍著你。而這位洋溢著識見的思想家，並不是一個向書本討生活的人，他甚至主張要丟開書本。他的學說，主要是靠慧悟。我當然不可能走尼采這種路，但我非常羨慕他的慧悟能力。所謂天才，恐怕就是一種具有高度慧悟能力的人。

小梅

一九九九年一月

■

小梅：

「慧悟」一詞確實可以讓我們想得很多。你說得對，「頓悟」、「妙悟」背後得有智慧的助力。有知識不一定能悟，知識變成力量也不一定能悟，知識只有昇華爲智慧才能算是悟。知識與智慧是不同的，知識只有當它融入生命並化作對生命的一種燭照能力時，它才會變成智慧。因此，智慧總是與內在生命和內在視野有關，知識則未必。

因為妳提起「慧悟」，我便想到「慧根」。慧根與慧悟都是佛學的術語。我是佛學的門外漢，但對佛學中的「慧根」、「善根」這兩個概念非常喜愛，當八十年代我國作家在「尋根」的時候，我暗自也在尋根，但尋找的是自己身上的慧根與善根，覺得可以去發現和培育這兩種根柢。除了在自己身上尋找、發現與培育之外，還可以在書本、朋友以及社會中尋找。具有慧根和具有善根的人都可以作為朋友，兩者兼得的則可以建立很深的友情。我相信妳有善根，妳總是對人抱有信賴，不會算計，不知嫉妒，不會看輕比妳弱的人，也不會嫉妒比妳強的人，做錯了事會感到不安，這正是善根在起作用。在我心目中，善根是蒼天的偉大賜予，它是眞正的無價之寶。人世間的誠實、正直、善良、仁厚、慈悲、同情心、獻身精神及各種類型的偉大情懷，都是善根所生。善根扎在生命的最深處，人類史上的大師，他們所創造的不朽的精神森林，都與其生命深處埋藏著的善根有關。

大善不一定就是大智，但能導致大智。大善者以大悲憫的情懷感受世界，結果感悟到許多聰明人感悟不到的大眞理，走到別人難以企及的精神境界。

妳讀了整整二十五年書，算是掌握了一些專業知識，但這些知識，只有當它轉化為觀照萬物萬有尤其是觀照人的生命才華，才有價值。所謂天才，就是把知識、感受轉化為大智慧和創造形式的特殊能力。而實現這種轉化，全靠身心中的慧根。所謂慧悟，就是扎在生命深處的慧根在某一瞬間推動生命達到對宇宙萬物或社會人生的一種本眞觀照和特殊發現。精神價値創造者的靈感、靈性、發明、創造、「筆下生花」等等，全都是慧根派生出來的。

慧根與善根是先天就有的還是後天生長出來的，這是一個爭論不休的問題。按照孟子「人之初性本善」的說法，人一生下來就有善根，但他沒有說人一生下來就有慧根。而按照基督教的「原罪說」，則認爲人一生下來就有惡根，但它也沒有回答人生下來之後是否帶著慧根。我一直把這兩種說法視爲一對悖論，確認人生下來均有微弱的善根，也確認有微弱的慧根。在作這種形而上的假設之後，我覺得重要的是對善根與慧根的開掘與培育。沒有培育，這兩種根都不可能壯大。微弱的善根與慧根沒有意義。正是需要培育，所以我覺得「修煉」是必要的。修煉包括讀書、思索、反省、實踐等等。兩種根都需要苦汁與汗水的灌溉。我至今還想不出有用蜜糖水澆灌出來的強大的慧根。慧根與善根都沒有成熟之日，它的強大是沒有邊界的。

那麼，慧根與善根是生長在腦子裡還是心裡？我覺得主要是長在心裡。有人用腦子寫作，有人用心靈寫作。作家所以往往勝於學究，原因就在他們不僅用腦子，更重要的是用心靈，用生命。托爾斯泰、陀斯妥也夫斯基、卡夫卡等都是用心靈用全生命寫作的人，他們完全不必頭腦化、學者化。如果學者化，上帝一定會發笑。

爸爸

一九九九年一月

——二〇〇二年・選自香港天地圖書版《共悟人間》

論靈魂的根柢

爸爸：

昨天在電話中聽你談論靈魂的根柢，心中一震，並很快地從腦子裡跳出一個意念：我和同齡人多半屬於「無根的一代」。前些年我和海外的年輕朋友也談論無根的一代，但那是指沒有家國觀念的漂泊者。這回您講的無根，是沒有靈魂的根柢。我覺得自己也正是無根族的一員。

黃剛的爸爸媽媽去世之後，我們的精神都有點惶惑。在虛空中我們才覺得他們生前信仰基督教並非沒有道理。宗教的確可以給人提供靈魂之根。我和黃剛無所信仰，他父親去世之後，我才臨時抱佛腳，用基督教中的天堂概念來安慰他，口裡唸唸有詞，心中卻毫無著落。就在那一瞬間，我第一次羨慕有信仰的人。

中國沒有西方式的嚴格意義上的宗教，但在五四之前，中國人還是有自己的靈魂的根柢。這一根柢，來自孔夫子的儒家文化，或者說來自儒道互補的傳統文化。不管儒家學說有多少問題，但它畢竟提供了中國人和中國知識分子一種心靈準則。可我們這一代人根本不把孔子的學說作爲靈魂。在我心中，孔子的話是留下了一些，但並不構成自己的心靈原則，在十九世紀和這之前的知識分子，孔子是他們心中的根，可到了我們這一代，只剩下了根鬚，甚至連根鬚都不是。

到了美國之後，我雖然讀書，努力掌握些西方文化知識，但眞正問起自己從哪些學說中吸取靈魂的資源，培育自己靈魂的根柢，卻完全說不上。我讀你的散文，知道你把美國開國元勳傑弗遜等的思想，即那些對自由和尊重人類天賦神聖權利的思想眞誠地吸收到自己的血肉中，化作你的信念，這說明你在培育自己的靈魂之根，而我卻連這點也沒有。我意識到，你把各種宗教的優秀思想和各種學說的優秀思想努力吸收，就是爲了壯大自己的靈魂之根和提高自己的精神境界。許地山先生也是這樣。他的散文〈落花生〉，常常教育著我，此時想來，這文章的背後，是有一種靈魂的根柢支持著。他不是某一宗教的教徒，但擇取各種宗教的愛義，還吸取各種文化的精粹，這也會形成自己的靈魂。

你曾寫過〈喪魂失魄的時代〉，感嘆靈魂的失落。你的語言溫和一些，而阿城的〈豕狗時代〉，則非常激烈。他在一九八五年就發覺五四運動之後，中國人斷了根，到了九十年代末，他的感慨就更深。他的這種說法，並非罵人，而是痛切地感到時代失去魂魄。人沒有靈魂，確實會成爲豬狗、禽獸、流氓，想到這點，我都要冒出冷汗了。

小梅
一九九九年三月十二日

■

小梅：

我們經常聽到談論學問的根柢與學問的功力，但很少聽到談論靈魂的根柢與功夫。前天我們談論之後，我又想了想這個問題。

我到巴黎的時候，有一強烈的感覺是巴黎有靈魂。「這是一個有靈魂的城市」，我把這種感覺表達在〈悟巴黎〉中。先不說個人，就說一個國家，一個民族，一個城市，它的靈魂是可感覺到。此時我想說的是，巴黎不僅有靈魂，而且有雄厚的靈魂的根柢。法國的自由靈魂不會隨風轉向，就是因爲靈魂之根扎得很深。無論是到羅浮宮、奧賽宮還是到巴黎聖母院、先賢祠，我都有這種感覺。先賢祠建造於一七五五年，原先叫做聖・熱納維埃芙教堂，法國革命後才把教堂改爲埋葬法國偉大兒子的墓地，伏爾泰、盧梭、雨果、左拉、布萊葉、馬拉、米拉波等都在這裡安息，這些名字都是法蘭西的靈魂，每個名字都是法蘭西靈魂的一道強大的根柢。我到先賢祠那一天，正是麗日當空，在陽光照耀下，我想到：這裡的每一個

「先賢」的名字分量都這麼重，其靈魂的內涵本身就是一個廣闊的天空。因爲五次到巴黎，所以我還贏得時間去參觀名播四海的拉雪茲神父墓地。墓地座落在巴黎最東頭的第二十區，範圍很廣，我們只能按門口買到的墓地地圖去尋訪自己愛戴的靈魂。當時我一看到靈魂的名單，就禁不住心跳，除了我原先知道的偉大的巴爾扎克和莫里哀在這裡之外，這時才知道歌德、普魯斯特、拉封丹、繆塞、王爾德、蕭邦、鄧肯、斯泰因以及大畫家安格爾、畢沙特、莫迪里阿尼都在這兒。這都是巴黎的靈魂啊！每一靈魂的根都深進海底，然後穿越藍色的滄浪，伸向世界的各個角落。可惜我沒有時間去參觀幾乎與拉雪茲神父墓地齊名的蒙特滿翠墓地，朋友告訴我，那裡不僅埋葬著法國的偉大作家斯湯達、小仲馬、龔古爾兄弟、戈蒂埃，還埋葬著德國詩人海涅，每個名字都讓我低首沉思。而讓全世界瞻仰不盡的羅浮宮，那些偉大的畫家的名字和作品，則是讓我永遠說不盡的。那裡的每一幅畫都是巴黎靈魂的根。無須別的論證，只要列舉一些名字，就可以知道巴黎的靈魂具有怎樣的根柢。法國在一七八九年經歷了一場大革命，但沒有文化大革命，他們的政治傾向可以不同，但都共同保衛住自己的靈魂。一個民族的靈魂不是靠人爲去「大樹特樹」的，而是靠積澱，靠自己天才的兒子去創造和積累。

美國靈魂的根柢就不如法國雄厚。她的歷史太短，積累有限。但因爲歷史太短，所以就更珍惜歷史。美國的開國元勳、開明總統和思想家華盛頓、傑弗遜、富蘭克林、林肯等都是珍貴的靈魂，而馬克・吐溫、傑克・倫敦、惠特曼也是靈魂的一角。

中國的靈魂根柢本來也是雄厚的。這一根柢主要是孔子的學說，但是到了五四運動時期，中國的知識者發覺這一靈魂過於陳腐，它已不能負載中華民族的強大身軀繼續前行，因此，就把這一靈魂打成碎片，並想借用法蘭西的靈魂，但沒有成功。後來找到馬克思主義靈魂，但根柢不深。

國家與民族的靈魂有根柢的雄厚與薄弱，而一個人的靈魂也有根柢的厚薄之分。馬爾庫塞把靈魂分爲高級靈魂與低級靈魂。低級靈魂只能用錢幣去塞滿，我們且不去說它。而高級的靈魂則包含著境界、氣質、品行與精神，這種靈魂是否堅韌，便與根柢有關。我們感慨人性的脆弱，實際上是靈魂的脆弱。魯迅在批判國民性時，說中國人常常一轟而起，一轟而散，這就是靈魂沒有根柢。根不深厚便容易隨風轉向。文化大革命中，人們發現「風派」特別多，這全是沒有靈魂之根所造成的。魯迅一再批判流氓和流氓性對文學文化領域的危害，說這些流氓今天信甲，明天信丁，今天尊孔，明天拜佛，需要你時，講「互助說」，不需要你時，講鬥爭說，沒有一定的理論線索可循。這種理論線索，也是一種靈魂的根柢。流氓沒有靈魂，痞子沒有靈魂。痞子文學雖然生動可讀，但其致命傷是沒有靈魂。靈魂連根拔的時候，就會導致流氓主義。

對於個人，如果講靈魂的根柢還嫌太抽象，那麼，換種通俗的說法，便是心靈的底子。

一個人心靈美好的部分有沒有底子，底子雄厚還是不雄厚，是可以觸摸到的。底子太差，就容易受到誘惑，一個紅包，就可以打碎你的「純潔」，一番恭維，就可以使你暈頭轉向，一個桂冠，就可以對著邪惡啞口無言，這就是心靈底子太薄的緣故。心靈底子薄弱的人，既禁不起成功，也禁不起失敗，掌聲和挫折都會把他打垮。做學問其實也與心靈的底子有關。心靈中美好部分一強大，就敢直面眞理，敢發前人所未發，有膽有識，也才不怕探求路上的苦辛，具有百折不撓的韌性。優秀的學者，一般都需要有底氣、有膽氣、有正氣，而這正氣都與心靈的根柢相關。寫了一兩本書就自我吹噓，到處自售，也是缺少心靈雄厚的底子。像托爾斯泰這樣的人，即使他已建造了一座人類世界公認的文學高山大嶽，也想不到炫耀自己，折磨他心靈的，只要人間那種無休止的暴力和趴在田野裡灑著汗水的奴隸。這種強大的心靈，是不會被時勢、權勢與金錢所左右的。

爸爸

一九九九年三月十三日

——二〇〇〇年．選自香港天地圖書版《共悟人間》

論快樂的巔峰

爸爸：

最近我和幾位朋友聚會，大家都談起你。他們說，在海外漂流的知識分子中，你的心靈狀態是最好的。要是用世俗的眼睛來看，你丟失的東西是最多的，但你並不在乎。你從「山頂」掉入「谷底」，但你依然在「谷底」裡思索，而且思索的鋒芒又從谷底射向山頂和山頂之外。你不是沒有孤獨與憂傷，但你又把這些孤獨與憂傷加以「玄化」，把「被孤獨所窒息」的感覺變成「佔有孤獨」的感覺。你在形而下的層面遭到挫折，卻在形而上的層面上收穫這挫折，從挫折中領悟到更深刻的道理。因此，你不是怨天尤人，而是抓住這段豐富的人生旅程努力工作與寫作，一篇篇、一本本地問世，尤其可貴的是這些文字不卑不亢，不迎合、不媚俗、不自售。你既對著自己的朋友、親人訴說，也對未來無數年月的知音訴說。該說的話就盡興地說，不願意說的話，一句也不說，從而使你的天眞猶如一束芬芳。我的幾位朋友都說，你的確是個心理上的強者。內心世界藏匿著非常堅韌的東西，只是我們說不太清楚，這種東西是甚麼？是理想？是信仰？是性格？是氣質？是意志？我好像缺少這個東西，要不，我怎麼老想偷懶？我雖然也熱愛我們這一行，可我怎麼沒有你那種不斷工作的歡樂？你彷彿從不倦旅，奇怪。

作爲你的女兒，我也想作爲你的一個知音，至少是半個，即對上述問題能有所瞭解。這十年來，我們比在國內，相互交談的機會多了，但畢竟不住在一起，而且各忙各的，因此也沒有多少時間可以談談你的「內心秘密」。將來有一天，我要來「解構」你的心靈狀態，也許抓不住要領，你會感到失望，所以今天，我把我們幾位朋友交談的信息告訴你，請你給我一個回應。

小梅

一九九七年八月五日

■

小梅：

讀了妳的信，知道妳和妳的幾位朋友對我的評論，十分高興。我並不是喜歡人家捧場的人，但是中肯、準確的描述，我是高興的。例如妳說我是個心理的強者，應當說是準確的。

有人說，我們這一代大陸的知識分子，經過政治運動和勞動改造的千錘百煉，神經自然是堅韌的，其實未必。勞動場所，政治場所，包括牛棚、牢房等，並非注定會養育堅強的心理，這些場所也可能粉碎人的意志。集中營的效應是雙重的，從集中營走出來的人，有的堅強得像鋼鐵，有的則從此失去人格的正氣。關鍵還是在於自身。作爲一個寫作者，經歷過苦難，也不一定就能寫出好作品。有經歷，還要有感覺，而且感覺是關鍵。把苦難反映到文字中來，並非就是文學，但是，如果能夠從多種視角來審視苦難，並能對苦難進行形而上思索，就很有意思，這些苦難經歷就可以化作無盡的思想與情感的資源。

在海外這十年，我的確很少怨天尤人，相反，我常常對「天」與「人」心存感激。經歷過一次瀕臨死亡的體驗，我對這個世界更加依戀。此次大體驗，猶如一次雷霆的震撼，讓我「驚醒」，而「醒」的內涵竟是如此簡單：這個地球，是宇宙中最美的所在，是蓄滿鮮花、青草、森林、河流的土地，我以前忽略了。因爲太忙，眼睛難以從書本移向書外更加遼闊的天空與大地。如果那一年死了，我給另一世界帶去的印象就太偏窄了，而對這一世界的認識，也太膚淺了。總之，那次大體驗之後，總的結果是讓我更加熱愛生活。一個熱愛生活的人，也會遭到生活的各種挑釁，但他不會因此而埋怨生活。

這個世紀科學技術發展得太快，快得使我們缺少時間對現狀進行思索。第二次世界大戰之後，經濟迅猛發展，市場席捲一切。中國現在也是如此。物質潮流的洶湧澎湃帶來精神的萎縮，這是一個事實。在這種時代空氣之下，道德是一個被普遍嘲笑的對象。在中國文學界，以往又以道德法庭代替審美法庭，一些僞道德的說教敗壞了人們的胃口，這樣，一講起道德就更是被嘲笑。在探討歷史、社會問題時，確實不能以倫理主義取代歷史主義，確實不能以道德評價取代歷史評價，這一點我和李澤厚的對話錄裡已講得很多，但是，當我們在談論個體人生的時候，我們是不能不把道德視爲最重要的精神本體的。妳是我的女兒，我不能不用徹底的語言告訴妳：道德不僅決定著妳的成就，而且還將決定妳的這一生是否擁有深厚的、眞正的幸福。在海外十年，我的一切快樂的源泉都是來自內心反潮流的道德感。我覺得我所作的一切都問心無愧，都沒有違背良善的本性，於是，我便贏得坦然，贏得自在，贏得說話的理直氣壯。康德把地上的道德律與天上的星辰相提並論，這是一個偉大哲學家對宇宙、歷史、人生最重要的感悟。這一感悟給我的啓迪，不是迫使我寫出〈論文學的主體性〉，而是讓我知道，甚麼才是人生的精采，甚麼才是幸福取之不盡的源泉。

十幾年前，我在閱讀康德與寫作〈論文學的主體性〉時，又很榮幸地讀到一部讓我永世難忘的好書，這就是英國學者威廉．葛德文所著的《政治正義論》。這本書使我把從小就開始的一種追求變成自覺。十幾年前，我和妳一樣，覺得自己內心有一種特別的東西，這種東西使我生命老是燃燒著，光明的部分總是壓倒黑暗的部分。無論經歷怎樣的困難、不幸和苦痛，總是能感悟到生的價值與生的愉快。生活中一面熱烈地愛戀著，一面也憎惡著，無論如何總是不能與品行卑劣的人沆瀣一氣或爲虎作倀。妳說這是甚麼原因？是性格原因還是命運原因？我也不清楚。但讀了這本書之後，其主題告訴我，那是因爲妳有一種天生的對於善的熱愛和傾慕。這一點決定了妳是一個幸福的人，即使陷入劫難之中也不會失去驕傲與快樂。這本書的一些啓悟性論述的語言，至今還一直在鼓舞著我。我隨手引述幾段給妳看看。威廉・葛德文說：「道德是人類最好的天賦」，「只有道德是配得上被看作是導向眞正的幸福的，導向最實在、最持久的幸福。」「個人愉快的持久程度，情操的優美程度，是同他的道德成正比例的。」「善心是一個永不枯竭的源泉」；「豐碩的成就肯定在某種程度上是同磊落的節操相聯繫的。」「在思想中經常充滿莊嚴的想法的人，不太可能墮落到甘心去追求爲一大部分人類所熱中的那些低級的事情。」

《政治正義論》第一卷第四篇〈見解在社會和個人中間的作用〉，分析了世間幾類被視爲幸福的人，這些人包括擁有財富過著豪侈生活的人，擁有風雅過著「瀟灑」生活的人，但是，只會享受的人並非是眞正快樂的人。眞正的快樂是一種被善所推動的公正無私的快樂。他說：「完成過一件寬仁厚愛的行爲的人知道：沒有一種肉體的或精神上的感覺能夠同這個相比。爲了整個民族受益而鬥爭的人超越了機械的交易和交換的觀念。他們不要求感激。看到他們得到好處，或者相信他們將要得到好處，是他自己的獎賞。他登上了人類快樂的高峰，公正無私的快樂。他享受人類所有的一切的善以及他所看到爲他們保留的一切可能的善。沒有人像忘記個人利益的人那樣眞正增進了他自己的利益。沒有像只考慮別人的快樂的人那樣收穫到如此豐饒的快樂。」

我所以不厭其煩地引述這部著作中的話，是想讓妳知道，爲甚麼我漂流海外之後仍然享有豐饒的快樂。妳一定會相信，當我在自由表達對人類的信賴和爲苦難的靈魂申訴的時候，我的確走上了人類快樂的巔峰。當我的心靈無所欺瞞、無所顧忌、無所算計的時候，我才眞正明白「幸福」二字。引述威廉・葛德文的話，不僅爲了我，也爲了妳，我希望妳永久地擁有幸福，常常生活在幸福的巔峰中。物質享受與顯示風雅，對妳來說太容易了，但常常生活在高境界的快樂中，卻不容易，進入這一境界的人是需要艱苦跋涉與心靈洗禮的。這些人要有偉大的同情心，而且要有記憶，他們不會忘記天底下到處都有惡意、冷酷與殘暴，這個住著各種生物的地球到處都有邪惡，對地球的依戀是不能放棄與這些邪惡進行抗爭的；然而，抗爭中不是擴大仇恨，而是以悲憫去化解仇恨。

爸爸

一九九七年八月八日

——二〇〇〇年・選自香港天地圖書版《共悟人間》

論生命場

爸爸：

我已在馬里蘭大學落腳了，租了一套公寓，其中只有一間房，一個廳，租金每月八百元。看來這裡的房價也跟紐約一樣貴。我已經去過學校了，這個學校的規模相當大，大概是因爲離首都近，所以沾了點國府建築的冷峻特點，學校的建築基本上是由紅磚房組成，許多紅磚房前都配上幾根厚實的白柱子，很有氣派，顯然受了白宮建築的影響。學校的校園沒有科羅拉多大學那麼美，但也有自己的特色。學校大到不開車就很不方便，所以我買了輛新車。我所在的亞洲與東歐語言文學系算是個小系，系中有俄國語言文學、希伯萊語、日本語言文學、中國語言文學和韓國語等專業。中國部分有三位教授兩位講師，教授裡面除了我負責文學以外，另外兩位是語言學教授。

黃剛也來幫我安家。我們商量一下，有一個願望，想過些時候，買一座大一點的房子，至少有四間臥室和一個地下室。過兩年你那裡的工作結束之後，我們希望你和媽媽到這裡和我們一起住。你們一層，我們一層，不會互相干擾。我們當然有私心，你們來了，我們「大樹底下好乘涼」，媽媽可以照顧我們，三餐可吃熱菜熱飯，而你來了，我便可以和你經常商討點文學問題。將來有了孩子，你們又是天賜的最好的老師。除了這一私心之外，我們也覺得過兩、三年，你們就六十歲了，也該放鬆一些，不要再爲謀生而煩惱，可以安心做你們願意做的事，把心放在你們願意存放的地方。我們這裡離白宮及其附近的許多博物館和國會圖書館只有三十分鐘，離海一個小時。比起你們那裡，雖然離大自然略遠些，可離費城、紐約只有幾個小時的車程，東部許多所常春藤大學離這裡也不算遠，所以文化氛圍比 Boulder 濃厚些。這幾樣，對爸爸你還是有吸引力的。昨晚我對剛剛說，書的吸力，海的吸力，東部文化的吸力，加上親情的吸力，說不定可以把爸爸吸引過來。

可以說，我這裡處於都市文化與田園文化之間。比起紐約，雖然遠沒有紐約文化的繁華與多樣，可華盛頓也有不少藝術展和電影節。比起 Boulder，這裡沒有那麼壯美的落磯山，但是我們也可以常常開車去海邊看風帆。如此自由地徘徊於兩種文化之間，既不會太喧囂，也不會太寂寞。你在〈西尋故鄉〉談到過我以前抄給你的一副對聯：「居軒冕之中不可無山林氣味，處林泉之下還需有廊廟絡綸」。你還引了我的話，「用現代人的眼光看山林確有一塵不染和人間淨土之感，但反過來，常居深山之人亦得常常領略大都市的文化氣息才好。」

我當時是爲了說明都市文化與田園文化的互補關係的，因爲你太愛自己後院的那片綠草地了，每天看書寫作後總在那片地裡勞動、徘徊、冥想，怪不得你的朋友在金庸小說研討會上笑稱你爲「科（州）老農」（是金庸小說中的人物名字「柯老農」的諧音）。你現在不缺安靜，但也應離熱鬧多元的都市文化近些，這樣的人生，可能更爲豐富。

我這兩年，要用工資多買點英文書，中文書也得買一點。前幾天，我買了一套三十年代《良友畫報》的複印本，八百美元。以後我還要多買點原始資料。剛才，我翻翻《良友畫報》，非常有趣，像翻閱歷史。才閱讀幾個小時，便發現時間眞是冷酷，幾十年就淘汰了那麼多時髦的東西，然而，有些好的東西也被當代的所謂主流文化忽略了。通過《良友畫報》，我對三、四十年代的上海都市文化也略微有所了解了。歷史，還是需要自己來發現、來闡釋，光讀教科書是靠不住的。

小梅

一九九八年八月六日

■

小梅：

妳和剛剛希望我和媽媽過一兩年能夠到馬里蘭定居，這得讓我好好想想。

其實我也喜歡和你們一起住，只是捨不得離開這個地方。昨天我開車到山裡的小城玩，一路看著眼前的藍天，簡直不敢相信這是眞的，如此透明、潔淨、高遠的藍天，眞捨不得離開它。車子往前開，明知道永遠到達不了藍天，卻有一定奔向夢境的愉悅。這個時候，我不僅有種沉醉感，而且有種幸福感。在大海裡浮游，會擔心沉沒，但沉浸在藍天裡，則只有快樂與遐想了。來到 Boulder 之後，我對大自然的感覺日益敏銳，覺得人的尊嚴與價値，與大自然的透明、潔淨、高遠是絕對相關的。我不知道妳那裡的天空是不是也這樣讓人神往。

還有屋後這片草地，我更是離不開它。開金庸小說研討會時，在草地上開 Party，六、七十個朋友，從沒見過它的客人都感到驚訝。日本的岡崎由美在草地上走了幾圈，不敢相信，她說這個草園倘若在日本，那就是一個奇蹟了。而我喜歡這草地，是因爲一坐在地上，心就會靜下來。在草地裡有妳和妳妹妹送給我的搖椅，坐在椅上讀著莎士比亞的《仲夏夜之夢》或金庸的《天龍八部》，妳想想有多美。五年來，藍天、草地，還有草地上的白樺樹，已在我身邊構成一種「場」。這是物理場還是心理場，是物感場還是靈感場，我說不清，姑且稱它爲生命場吧。我在樹下，既是思索，又是沐浴。很奇怪，在這個時候，我會格外清楚地看到自己，看到自己內心還殘存的浮躁與歷史留下的傷痕。一切缺陷都顯得格外明晰。更奇怪的是在這個場裡，我會覺得身上的文化氣脈全被打通，思緒特別流暢。放一本《紅樓夢》或莎士比亞劇本，會覺得書中的人物一個一個透亮透亮的。此時有描述他們的衝動，但又覺得語言的無力，再多的語言也難以表達這一瞬間的感覺。這是沒有任何概念、理念所遮蔽的感覺，從大自然生命場放射出來的是最清新的感覺。

對於地理文化我學得不多，也不相信地理環境可以決定一切。但相信不同的自然環境和歷史文化傳統確實會形成一種生命場。這種生命場用自然科學的語言很難描述，但如果用中國文化中的特殊範疇——「氣」來描述，卻可以稱為「氣」場。我國的幽燕地帶多俠氣，浙江一帶多戾氣，五台山、峨嵋山多祥氣（因此也出了許多寺廟和尚），這幾乎是中國人的共同感覺。北京多官氣，上海多商氣，也是共同感覺。周作人在〈上海氣〉一文中，說「上海氣」特別可厭。周氏溫和，但對上海氣的鞭撻卻毫不客氣，他說：「我終於是一個中庸的人：我很喜歡閒話，但是不喜歡上海氣的閒話，因爲那多是過了度的，也就是惡俗的了。上海灘本來是一片洋人的殖民地；那裡的（姑且說）文化是買辦流氓與妓女的文化，壓根兒沒有一點理性與風致。這個上海精神便成爲一種上海氣，流布到各處去。造出許多可厭的上海氣的文章，文章也是其一。」他還說：「上海文化以財色爲中心，而一般社會上又充滿著飽滿頹廢的空氣，看不出甚麼飢渴似的熱烈的追求，結果自然是一個滿足了慾望的犬儒之玩世的態度。」周作人的文章寫於一九二六年，距離今天已有七十多年，不知上海氣有沒有減弱，而我卻清楚地知道，自從文化大革命之後，北京也沾染了許多上海氣，並產生了說話完全過度、犬儒玩世的痞子文學。周作人所說的上海氣已「流布到各地去」，不幸而言中。

幽燕的俠氣，峨嵋的祥氣已經不見，上海的犬儒氣流布各地，浙江的戾氣風行全國，這便使我嚮往具有「清氣」的地方。落磯山中和我們所住的小城，眞有一股清氣。我能具體地感受到。聽說洛杉磯西來寺的和尚，常來山中吸取清氣，感悟大宇宙的啓示。我在這裡寫的文章，比在國內時少些怨氣，恐怕也是得益於這股清氣。

在這個生命場中，我常本能地撫摸身邊的小草。每一根小草都那麼柔嫩又是那麼堅韌，我知道我有一天從這個世界上消失之後，這些小草還會生長下去，它們這個綠色的集體與天空中的群星一樣將永存永在。浩瀚的天宇是神秘的，身邊這些小草也是神秘的，雖然撫摸的是小草，但感觸的則是永恆。在這個場上，我還叩問自己，你爲甚麼離開故國逃到這裡？這裡不僅無親無故，也沒有甚麼榮耀可以充塞你的生活。然而，我很快就可以回答，這裡對於我，是最眞實最可靠的地方，惟有在這裡，思索不再被騷擾，心靈才存放於我最願意存放的地方。或存放於宇宙，或存放於歷史，或存放於自然，或存放於夢與冥想，或存放於花葉與草葉，全都由我選擇。人們只知給自己的沉重的肉身尋找寄寓之所，甚至可以爲這肉身建造金碧輝煌的殿堂，但少有人意識到，給心靈尋找一個可以安居、可以自由思索與自由表達的處所是何等重要。小梅，我生怕離開這個地方到你們那裡，會丟失這個場所。

爸爸

一九九八年十月八日

——二〇〇〇年．選自香港天地圖書版《共悟人間》

論思想的韌性

小梅：

妳的兩篇序文都寫得不錯。在妳編選的集子後面，我添加兩篇後記，爲妳助興。近幾年我仍然很有寫作慾望，但沒有多少發表的慾望。現在大陸的朋友要出我的書，我自然高興，但絕對不會興奮，其實再過十年八年出版也無妨。我的《獨語天涯》以 Thoreau 的話作爲結束語，他說：「作家，該過著恬淡的生活，他們不應選擇群眾活動的方式，而應當單獨地向著人類的智力和人類的心曲說話，對任何時代都理解他的知音傾訴。」我很喜歡這段話。既然是向著任何時代都能理解的知音傾訴，就不用著急。有的知音正在誕生，有的知音尚未誕生，而已經生活在故國的同時代的知音，他們早已讀過我的一些作品，我並不急於向他們傾訴。這種發表慾望的淡泊，也包含著自我信賴。我不怕自己的名字與文字被遺忘。倘若沒有價值，本就應當讓人遺忘，沒甚麼好抱怨；倘若有價值，你即使一百遍地呼籲社會「忘記我」，社會還是不肯忘記。休謨在談論藝術鑒賞時說：「一個糟糕的詩人或演說家，仗著權威的支持或流行偏見的作用，也許可以風靡一時，但是他的榮譽是決不能持久的，也不會得到普遍的承認。當後代或外國讀者來考察他的作品時，戲法就戳穿而煙消雲散了，他的毛病也就現出了原形。與此相反，一個眞正的天才，他的作品歷時愈久，傳播愈廣，他所得到的讚揚就愈眞誠。在一個狹小的範圍裡，敵意和嫉妒眞是太多了，甚至同作家親近的熟人也會減弱對他的成就的讚賞，但是一旦這些障礙消除，那自然的，動人心弦的美，就會發揮出他的力量。」我們不是天才，但要相信休謨所說的這一眞理，相信障礙和敵意無法持久，相信眞誠向眞向善的心靈擁有未來，它能夠隨著時光的推移而愈加清新亮麗。對於至柔的心靈，我們恰恰必須有至剛的信念。

妳給我的這封信，證明妳已意識到思想對於人與學人是何等重要。只要妳眞的有思想，那麼，每一天，每一個結結實實的日子都會屬於妳。不管妳是讀書還是讀社會，只要妳用思想去讀，就一定會有收穫。時間在有思想的人的心裡與手裡，不是那麼容易流逝的。以思想的鋤頭與鐵鍬去墾殖世界，這是我們的人生特徵。學問對於我們來說，不是一種姿態，一種架子，一種顯耀知識的展覽室，而是一種眞理的渴求，思想的歷險。人們常說的所謂學術領域，對於我們，僅僅意味著以思想去耕犁的生育的大地。不管是在科學院裡還是大學裡，你我都是以研究爲職業，泡浸在這種職業中，我們所以不會感到乏味，就因爲我們並非卡片的奴隸與書本的奴隸，而是能夠用思想去發現世界的探尋者。《山海經》、《易經》、《尚書》、先秦諸子，我們的祖先已說過一千遍一萬遍了，但我們仍然可以談出新意，說出新話，這就全靠思想的照亮，無限的樂趣就在這一重新照亮之中，快樂的巔峰也正是在思想的發現之中。

妳有了思想的自覺，這眞使我太高興了。我敢說，思想的自覺是學人最高的自覺。這一自覺將帶給妳無窮的幸運，妳的人生將會擺脫平庸，擺脫虛妄，最重要的，妳將會擺脫蒼白。許多聰明人的言說與文章，儘管並不缺少流光溢彩，但最後給人的感覺是精神內涵的蒼白，這就是其中缺少精采的思想。人（包括學人）上了年紀之後，很容易變成世故，以至世故大於學問，這就因爲他們已沒有足夠的思想力量繼續前行，也沒有思想力量反省自身，在衰老懦弱之中，只有靠一些人生的技巧與策略來支撐殘存的人生了。

出國之前，我已意識到有思想的重要，但並未眞正意識到思想之難。聶紺弩老伯伯在臨終之前，特用毛筆抄錄他的兩句話贈給我：「文章信口雌黃易，思想錐心坦白難」。出國後我一直帶在身邊，此刻還把它掛在書房裡以作爲座右銘，而眞正領會到這詩句所提示的意義還是近幾年。聶老一生寫了許多文章，經歷過許多瀕臨死亡的劫難，最後鑄就一副中國少有的錚錚人格，他的文章有底氣，有骨氣，有正氣，不是一般文人所能爲，現在我已明白，他的文章境界如此之高，乃是他錐心思慮的結果。他的文字是肝膽的苦汁寫成的，而膽汁寫成的文字只能贏得極少數的知音。佔據社會多數的市民是讀不懂的。散文是作家其人格的顯現，一點也無法摻假，只有像聶紺弩這種穿越牢獄、穿越劫難之後而昇華的靈魂，才能獻給我們那種硬骨鏗鏘的文字。在現時的散文中，眞有思想力度的文字很少。那種知識的小展示和思想小體操的散文，不是思想者的散文。把無關痛癢的小機智視爲散文的上品，這是評論界的誤讀，它反映著評論者正在被市民文化心理所同化。思想小體操也不是眞思想。眞正的思想者是羅丹雕塑的那個形象，那是全身心的投入與燃燒，那是把思想確切地當作生命的本身與全部，那是直逼事實與眞理的無畏的開掘與奮進，那是不顧權勢的壓力與誘惑的精神歷險，甚至是對死亡的迎接。西方第一個偉大的思想者是蘇格拉底，但他最後被雅典的民眾判處死刑。這些無知的群眾認爲他的思想是有毒的，他們的愚昧的鼻子聞不到蘇格拉底思想的芳香。我們的泉州老鄉，明代的思想家李卓吾，他是一個眞正的思想者，他的散文，靈魂結結實實，旗幟堂堂正正，絕非一般文人的隔鞋搔癢，尋章摘句，所以朱氏王朝非把他置於死地不可。明、清的龐大文字獄，對付的就是幾個手無寸鐵的腦袋。整個人類的思想史，都在告訴我們，眞正的思想者不僅要有思想，而且要堅強地思想，要不怕「思想可能會燒死自身」地思想，要敢於面向權勢、腳踏荊棘地思想。「我不入地獄誰來入」，思想者倘若沒有這種不惜被拋入地獄的剛強性格，就只能去做一些迎合世俗判斷和趣味的文字表演和語言小體操。說到這裡，我想讓妳也記取我經常想起的愛默生的一句話，他說：

一個偉大的靈魂要堅強地生活，也要堅強地思想。

我們應把這句話當成座右銘。有了這一座右銘，我們也許會少點脆弱，多點挺進的勇氣和思想的韌性。愛默生的思想環境其實比我們好得多，但他還是感到沒有堅強的意志力難以思想下去。他當時面對的思想困難是貧窮、孤獨與自我障礙。他認爲，一個思想者走老路和接受社會上流行的風尚、教育與宗教是容易而愉快的，但他注定要走自己的路，要情願忍受苦難地走自己的路，這樣就使他實際上是和社會、尤其是受過教育的社會站在敵對的地位上，就不能不歷經艱難，何況，個人在思想途中又會常常「氣餒、徬徨」。面對身外身內的敵者，如果缺少思想韌性，就會從挑戰、質疑、叩問變成迎合、俯就、媚俗，完全失去思想者高貴的特徵。

如果說，美國的思想者需要堅強，那麼，中國的思想者更需要堅強。「五四」和五四後的魯迅，曾用不同於愛默生的語言，充分地表述這一點。他的批判國民性的許多文章實際上都在告訴人們一點，這就是中國的改革者（包括思想者）面對的不是幼稚的腐敗，而是成熟的腐敗，面對的狡黠不是一般的狡黠，而是成熟的狡黠，甚至面對的愚昧、虛僞也不是一般的愚昧、虛僞，而是成熟的愚昧、虛僞。這些愚昧、狡黠、腐敗、虛僞，是四千年積習下來的大愚昧、大狡黠，是用最神聖的名義和語言層層包裹、包裝起來的大虛僞、大腐敗。阿Q

這麼一個農民與村民，他的自我欺騙，他的自虐、自負、自悲，也不是幼稚的自虐、自負、自悲，而是幾千年傳遞下來自我麻醉和精神上的自我逃遁。面對這種「成熟」，中國的思想者更需要思想的韌性。

爸爸

一九九八年九月二十五日

——二〇〇〇年・選自香港天地圖書版《共悟人間》

「柔與剛」的選擇

小梅：

近幾年所讀的書，留下印象最深刻的，有一本是義大利天才小說家意達婁・卡爾維諾的《爲下一個千禧年所寫的六份備忘錄》(Six Memos for the Next Millennium)。香港社會思想出版社出了一部中譯本，叫做《未來千年備忘錄》（楊德友譯）。台北時報出版社也有譯本，名字更有文采：《給下一輪太平盛世的備忘錄》（王志弘譯）。卡爾維諾寫過《珠巢小徑》、《阿根廷螞蟻》、《看不見的城市》、《命運交叉的城堡》、《帕洛瑪先生》等小說，而《備忘錄》則是八五年他準備提交給哈佛大學諾頓講座的演講稿，可惜尚未完成就去世了。這部未完成的講稿，貢獻給讀者五種文學素質：輕盈、迅速、確切、易見、繁複。在第一講中，卡爾維諾談論文學中輕與重的對立，而側重於對輕的價值肯定。他坦率地說：我的寫作方法一直涉及減少沉重。我一向致力於減少沉重感：人的沉重感、天體的沉重感和語言的沉重感。

卡爾維諾顯然在告別但丁傳統，而繼承吉多．卡爾康蒂（意大利早期的輕逸詩人）傳統，不過，他聲明說，把輕與重、把卡爾康蒂和但丁作出大的區別和對比，在總體上是可以成立的，但必須作具體的繁複的分析，因爲每一個作家總是重中也難免有輕，在輕中也偶爾有重，輕重交叉的現象很多。

由於卡爾維諾的啓發，我想到文學中大基調上的區別，例如亞洲文學中明顯的冷與熱的區別：川端康成、高行健屬於冷文學，大江健三郎、莫言等則屬於熱文學，但這也只是從「總體」上比較而言。就魯迅來說，他的《狂人日記》可說是熱文學，而《阿Q正傳》則屬於冷文學。熱文學一般都比較重，而冷文學一般都比較輕。文學研究與科學研究的困難正是概念與所描述的對象內涵總是有距離。科學研究也因此永遠無法終結。

卡爾維諾的總體選擇還推動我思索二十一世紀的社會文化基調，並在悲觀中產生一種嚮往，或者說，一種宏觀的期待視野。這種期待可以用卡爾維諾兩個對比性的概念作簡化表述。我選擇的概念是柔與剛。如有人問：你希望二十一世紀乃至下一輪千禧年的基本面貌是甚麼樣的？我回答說：柔。「柔」是我的全部期待與嚮往。

柔是甚麼？柔是水，是清澈，是舒緩，是低姿態，是抒情曲。剛是甚麼？剛是火，是堅硬，是激烈，是高姿態，是進行曲。心嚮往之的「柔」，應是和平，協商，教育，改良，建設。而不是剛，不是戰爭，不是革命，不是破壞，不是階級鬥爭與種族鬥爭，不是「一個吃掉一個」的哲學，不是「你死我活」的思維方式，不是「成王敗寇」的遊戲規則，不是各種行爲暴力和語言暴力。

二十世紀下半葉兩大陣營的近乎熱戰的冷戰，以色列與巴勒斯坦數十年你死我活的爭鬥，南北韓遍地橫屍的戰爭分裂，最後的結果都只能在談判桌邊坐下來。人類發明各種概念和道理，但確實是大道理管小道理，大境界帶領小境界；道理千條萬條，最高的道理應是讓地球上的人類安生安寧的和平道理。到處都有矛盾，到處都有衝突，但階級調和、民族調和總比階級鬥爭、民族鬥爭好。

中國的智慧最爲寶貴的應是老子的「聖者之道，爲而不爭」的「不爭」之境：不爭就是自然，就是尊重自然，包括外自然與內自然（人性）。他說：「天下之至柔馳騁天下之至堅。」所謂至柔，正是最柔弱也是最自然的東西。嬰兒最柔弱，但也最敏感最自然。水最柔弱，也是最自然又能克服「至堅」的最有終極力量的東西。有人說《老子》是兵書，說老子是謀略家，這是誤讀。《道德經》雖也談兵，但有一個大前提是確定的：「兵者凶器也。」老子反對戰爭，所以他說「大兵之後，必有凶年」，戰爭的勝利者不可慶祝勝利，而應當以喪禮的儀式來爲死者致哀（「殺人之眾，以悲哀蒞之，戰勝以喪禮處之」），老子的「不爭」思想，與其說是智慧，不如說是道德。柔，不爭，自然，和平，悲憫，建設，生生不息，才是天下無可否認的大德。

卡爾維諾在逝世之前所說的至善之言是嚮往下一輪千禧年的輕文學，倘若我們請教他對新世紀、新千年的社會期待，我相信他的回答一定也會與「走出沉重感」相通。也許他也會用老子的語言表述：請把「柔」字寫進下一輪千年備忘錄。

爸爸
於香港

——原載二〇〇一年八月十三日《亞洲週刊》

香港大都市的隱喻

小梅：

文學指向、社會指向的輕、重、柔、剛選擇，可能永遠是一對悖論。就文學而言，每個作家作輕、重的基本選擇時，除了被自身的審美理想所決定之外，還與歷史語境相關。當歷史在一段時間中產生了太多悲劇作品（重）之後，人們大約會產生觀賞喜劇（輕）的要求，反之亦然。中國文學產生太多「感時憂國」的現實主義作品之後，讀者自然就會期待幽默與荒誕，甚至也不拒絕玩世不恭的「痞子文學」。我的生活經歷過難以承受的重（在中國），也經歷過難以承受的輕（在美國）。而閱讀中積澱的則主要是悲劇性作品，眼淚與憂思曾充斥內心。在此語境心境下，此時就特別喜歡內涵深邃但表現得十分新穎活潑的作品。

說到社會指向，我則沒有太多的徘徊，心思明確地傾心於柔。到香港多次，也多次讚美香港，這不是沒有看到香港的黑暗面，而是覺得香港的總體風貌是柔的風貌。世界上許多大都市在二十世紀中表現爲剛，如柏林、莫斯科、華盛頓、東京、北京等，也有一些大都市則表現爲柔，如巴黎、斯德哥爾摩、維也納、日內瓦等，香港屬於後者。剛的城市成爲戰爭和革命的中心，負載著人類的歷史抉擇，顯得沉重。柔的城市則離生死搏鬥較遠，人們走到城裡，總是輕鬆些，柔和的感覺總是大於沉重的感覺。

二十世紀下半葉，大陸中國人包括知識分子相當嚮往香港。香港所以對知識分子也有吸引力，完全是因爲「香港」這個概念對於他們是一個隱喻，象徵著一種日常生活狀態，一種保持生活的常識、常理、常態的狀態。人餓了要吃飯，冷了要穿衣，寂寞了要說話；吃飯不必有糧票限制，穿衣不必有布票限制，說話不必受各種主義的限制。人們可以自由養豬養雞，自由出入交易所與夜總會，可以自由戀愛、結婚、生孩子、賽馬、辦報、集會，還可以自由地繪畫繡花、請客吃飯……。這一切都是那麼平常，然而，這正是生活。香港這一國際大都市所暗示的香港原理，就是日常生活天然合乎人性的原理，就是「生活無罪」的原理。

這一原理和它所支撐著的香港生活狀態，被五、六、七十年代的大陸所遺忘。那個年代的中國，只有國家生活，黨團生活，政治生活，而沒有日常生活。個個忙著國家大事，忘了生活本來就是自發的，自然的，柔和的。他們誤認爲柔和的生活只是屬於資產階級和修正主義。因此，他們人爲地製造一種堅硬的生活，刻意地製造烏托邦神話，製造階級鬥爭，然後展示一種與「生活無罪」相對立的法則，這就是「造反有理」的法則。於是，整個生活便被拖入革命狀態與持續鬥爭狀態中。穿越過飢餓、瘋狂、恐怖與絕望之後，我們這些大陸的革命工農和革命知識分子才醒悟到：日常的生活多麼好，繪畫繡花多麼好，請客吃飯多麼好，溫、良、恭、儉、讓多麼好，香港的不要早請示晚匯報、不要揭發批判、不要鬥私批修、不要交心交肺多麼好。

當然，香港也有暴力，也有貧窮，也有社會垃圾和語言髒水，但是香港的總面貌是清晰的，社會的基調是柔和的。香港的日常生活狀態正是人類本應有的最正常的狀態。這種狀態包含著維繫這個地球健康運作的基本價值元素：和平，安寧，自由，民主，溫飽，自律，和諧，有序，人際溫馨等。這些最基本的生活元素，如同鹽和水，最要緊，也最容易被忽略和被遺忘。常識的命運就是常被遺忘與常被蔑視的命運。

我和我的同一代人，長時間被政治搞瘋了，在「與人奮鬥」中走火入魔，並在大概念與大範疇的包圍中丟失了生活與常識，忘卻首先必須確認生命價值，然後才尋求生命意義與昇華。因此，當新的一百年降臨的時候，倒願意首先面對生活與常識，面對香港所隱含的柔的眞理。面對時我產生一種渴望，一種返璞歸眞的渴望，一種回到人類最初那種努力取火、努力取水、努力造房屋的生活狀態的渴望。那些大而無當的空想，那些悲壯的「改造中國、改造世界」的革命宏圖，還是留給舊世紀吧。新世紀還是多研究些問題，少談些主義，多一些老百姓的日常關懷，少一些「萬言書」的政治高調。

在香港的柔和世界裡，我也沒有忘記它是柔中帶剛的。這「剛」，不是鐵的專政，而是獨立的法制體系和嚴格的執法觀念。沒有執法的「剛」，柔就會喪失。柔的原理使生活無罪，剛的因素又使生活無憂。補充剛的概念，香港的柔美隱喻才是完整的。

爸爸

於香港

——原載二〇〇一年八月二十日《亞洲週刊》

世俗之城與精神之城

小梅：

讀了妳的《命運交織的香港》，便想起奧古斯丁的《上帝之城》。這部名著的中心論點是說我們生活著的世界存在著世俗之城和精神之城，就像人性存在著邪惡與善良一樣。人應當排斥前者而選擇後者。奧古斯丁以兩極對峙的思維方式把世俗之城視爲罪惡的淵藪，它毒化了城中無知的亞當的每一位子孫。他說：「……無知產生了遍布亞當子孫的所有罪惡。要不是苦刑、痛苦與恐懼，沒有一個人會從無知中被拯救出來。這不已被人們對這麼多虛幻與有害東西的偏愛所證實了嗎？這些偏愛產生了漠不關心、不安、悲傷、恐懼、粗魯的玩笑、爭吵、訴訟、戰爭、背叛、發怒、仇恨、欺騙、阿諛、僞善、盜竊、搶劫、不義、傲慢、野心勃勃、嫉妒、謀殺、弒親、殘忍、狂暴、邪惡、奢侈、無禮、卑鄙、奸淫、私通、亂倫，以及數不清的、骯髒的和不自然的兩性行爲，……程度之烈，羞於提及……瀆神、異端、褻瀆、起僞誓、迫害無辜、誹謗、陰謀、虛假、僞證、非正義的判決、暴力行爲、掠奪，雖不能發現邪惡行徑進入純粹精神的概念裡，但不論何種相似的邪惡行徑都可以發現它們已散布在人的生活之中。」

奥古斯丁給世俗之城開了一份「罪惡的清單」，至今仍發人深省。與民風純樸的鄉村相比，城市的確集中顯示著人性負面。上世紀三十年代中國大都市剛興起時，沈從文就寫了《邊城》，歌吟不被污染的水鄉，顯然也在反襯城市的骯髒。

新世紀降臨，中國剛好進入城市時代，此時閱讀奥古斯丁的罪惡清單，多一分清醒，沒有壞處。但我們對奥古斯丁也要提出質疑。基督教在中世紀的雄心太大，期望在塵世中建立天國，即純粹聖潔的精神之城，可惜，過於完美的理想不僅只是空想，而且帶來很多流弊，如迫害異端、推行禁慾主義、殘酷用刑，以至把人們對世俗幸福的追求也視爲罪惡。中世紀的黑暗就是以爲「生活有罪」、毀滅世俗幸福的黑暗。中世紀基督教統治的教訓和今天伊斯蘭原教旨主義的教訓使我們明白：甚麼都不可太絕對，追求聖潔一旦絕對化，就會導致專制與暴力。建造精神之城如太絕對，也會導致烏托邦和摧毀世俗生活的革命。中國的文化大革命正是把「精神」、「思想」、「主義」推向極端的結果。而這種苦果又形成全民的精神膨脹病和精神狂躁病。上海等龐大的世俗之城全在「反對物質刺激」的病狂中沉淪，而取代世俗之城的精神之城又完全是畸形與病態的，因此，可說中國在上世紀六、七十年代經歷了一次雙城的同時沉淪。

想到故國大陸的昨天，就羨慕香港這一繁榮的世俗之城，而面對香港，則希望它既能守住世俗的優勢又能注意精神之城的建造，勿犯精神貧血症和心理脆弱症。

世俗的高樓大廈不等於就是現代化。現代化還包括高樓大廈之外那些難以一目了然的精神文化的豐富與健康。從這一角度上說，奧古斯丁關注精神之城的建設對現代人仍具有啓迪意義。如果只注意「看得見的城市」，不注意「看不見的城市」，或者說，大都市中只有慾望而沒有靈魂，那麼，整個城市就會向物質傾斜而最後布滿奧古斯丁的罪惡清單。罪惡一旦越過臨界點，世俗之城的幸福也會毀於一旦。

借用「精神之城」的概念，並不等於認同奧古斯丁的烏托邦。我們能夠期待的也只是城市多一些精神的建設、靈魂的建設、藝術的建設，多一些超功利的美的氛圍，多一些生命意義的追求。去年我到維也納、倫敦之後曾一再感嘆維也納被音樂所覆蓋、倫敦被博物館與畫廊所充塞，這也是對精神之城的嚮往。但在香港居住一年之後，才知道熱心觀賞藝術展覽的人並不多，這才悟到，精神之城固然有外在部分，但更重要的是內在部分，即建立在每一個亞當子孫和女媧子孫內心的精神之城。沒有個體生命中的精神之城，外在的精神建築不過是座空城。精神之城應遍布於學校、報刊、書籍、俱樂部、電台、論壇之所，還應遍布於每個人的腦中、心中、眼中，當然也應遍布於作家、詩人、教師、編輯、記者的紙上、桌上和筆下。前些時，李歐梵到香港，他發現我在最小的房裡「面壁」寫作，非常羨慕，立即寫了〈面壁功夫〉一篇短文。我真的把斗室乃至整個大香港當作「達摩之洞」。這一洞穴，正是我自己建構的可供沉思的精神之城。由此，我想到，如果精神之城具體化，如果每一生命個體都在內心中建造精神之城，那麼，整個城市的心理質量、生命質量與精神質量就會大大提高。與世俗之城的霓虹閃爍相比，精神之城一定也會有另一派燈火輝煌。

爸爸
於香港

——原載二〇〇一年十一月十九日《亞洲週刊》

尋求生存的「第三空間」

小梅：

今天想跟妳談一個思索很久的新概念「第三空間」。知識分子的本性應是中立的。站在價值中立的立場進行精神創造，以無私的態度批評社會的缺陷和自身的缺陷，這應是知識分子的天然特點。然而，在中國的現代史上，由於社會矛盾的激化，一直形成「國共兩黨」以及「左翼與右翼」、「革命與反革命」兩大營壘的對峙。一九四九年新政權建立後，又有「兩個階級、兩條路線鬥爭」。結果，除了一部分知識分子屬於黨派中人而樂在其中之外，其他知識分子則常常惶惶不可終日。

金庸小說《鹿鼎記》給中國貢獻了一個「韋小寶」。韋小寶就生活在政府（宮廷）與反政府（天地會）中間。這個中間，實際上只是難以存身的小夾縫。要在夾縫中生存下來，就得使出全部生存技巧。這部喜劇的背後是大悲劇：韋小寶沒有自立自主的生活空間。韋小寶的生存狀態正是中國現代知識分子的生存狀態，僥倖的像韋小寶，不幸的則像阿Q，革命派得勢時「不准革命」，反革命派得勢時則要他的腦袋。

受激進政治的影響，在現代文化史上，作家詩人也不能不進入某一陣營。二、三十年代，左翼文化與右翼文化兩大集團對峙，周作人、林語堂等想置身於營壘之外「談龍說虎」和抒寫「性靈」，立即遭到魯迅等人批評，當時還有一些知識分子（如杜衡）想當「第三種人」，走「第三條路」，魯迅更覺得可笑。儘管我崇敬魯迅，但在這裡卻要批評魯迅不夠寬容：不給知識分子同行留下超越兩極的存身之地──第三空間。

我在文化大革命中看到批判「逍遙派」（即不參加任何派別），心裡就發顫。那些年我老是想起《水滸傳》中的盧俊義。他是「河北三絕」之一，著名紳士，並非朝廷勢力，也非造反營壘中人，本來活得好好的，但梁山好漢因爲「替天行道」的需要，非要逼他上山不可。他不想上，他們就不擇手段地「逼」，強制他入夥。無論是「匪」還是「官」，都不給盧俊義以自由的生存空間。文化大革命中，對立的山頭都要知識分子上山「入夥」，不入我的「紅名單」，便上「黑名單」。

所謂第三空間，就是個人空間。更具體地說，就是在社會產生政治兩極對立時，兩極以外留給個人自由活動的生存空間。周作人所開闢的「自己的園地」，就是這種個人空間，也可稱作私人空間。尊重人權首先就應確認這種私人空間存在的權利和不可侵犯的權利。第三空間除了私人空間外，還包括社會中具有個人自由的公眾空間，如價值中立的報刊、學校、教堂、論壇等。中國古代知識分子大體上還是擁有隱逸的自由空間，所以才有漢代的商山四皓、晉代的竹林七賢、南北朝的蓮社十八高賢、唐代的竹溪六逸、宋代的南山三友、明代的曹溪五隱等隱士的立足之所。隱士倘若出山，有的也入仕（爲官，如諸葛亮）、入夥（當造反謀士，如吳用），但許多則成爲自由主義者和「第三種人」。一九四九年之前，儘管已開始批判「第三種人」，但作爲「第三種人」的民主個人主義者還有生存的可能性，到了四九年以後這種人則全被消滅。第三種人的消滅意味著第三空間的消亡。兩個階級、兩條路線的政治抉擇無時不在、無處不在，知識者既沒有隱逸的私人空間，也沒有自由講話、自由參與社會的公眾空間。

文化大革命結束後，知識分子爭取自由的權利，正是爭取「第三空間」的權利。有不受政治干預的個人空間才有自由。二十年來雖說「第三空間」實際上正在悄悄生長，但人們並沒有意識到「第三空間」是何等重要。反之，無論在國內還是在海外，許多人仍以爲知識分子非附上某張「皮」、非依附於某一政治集團不可。敵我分明，或入官，或入夥，或扛政府大旗，或上民運戰車，二者必居其一。倘若獨立，就兩面不討好。李澤厚和我合著《告別革命》，強調知識分子應擺脫兩極思路，應有超越兩極的中性立場，既不當政府的馴服工具，也不當反對派集體意志的玩偶，而應在自己精神空間裡進行價值創造，尋求自由自立的第三空間，也希望社會尊重這一空間。然而《告別革命》出版後卻遭到兩面的強烈批評，這時才明白爭取第三空間十分艱難，也才明白，自由正是從社會文化的絕對兩極結構之處開始消失。今天向妳訴說「第三空間」的概念，也算是對自由的一種憧憬。也許又要落入妳所說的「渺茫」之中。

爸爸

於香港

——原載二〇〇一年九月三日《亞洲週刊》

輯七

今昔心境

天地無言，
最偉大、
最美麗的宇宙天體並不著書立說。
存在比語言更美。

救援我心魂的幾個文學故事

這幾天，一些蘊藏在心內的美麗故事突然又洶湧起來。這是一些作家的故事。這些故事總是支持著我的骨骼和不斷勞作著的筆，並在體內催生著我人性底層那些積極的部分。過去想起這些故事，會坐在沙發上閉目沉思，讓故事的主人呼喚我的感到怠倦的生命。而今天，我卻產生一種啼鳴的渴念：把它寫下來，也許女兒會看一看，也許朋友會看一看。看一看也許會增添一點力量。無論如何，文學還是得給人以力量。人總是背著難以息肩的重負走著布滿荊棘的道路，誰都需要吸吮一點力量。

故事一

一九八六年十二月二十日，北京大學的宗白華教授逝世。過了幾天，在八寶山開追悼會，我立即趕到那裡對著他的落日般的遺像深深鞠躬。面對遺像的最後一剎那，我心中充滿感激。其實我和宗先生並無私交，和他只見過一次面。那是在徵詢如何寫好由我執筆的《中國大百科全書・文學卷》總論的座談會上，他因年邁已不能說甚麼具體意見，然而他激勵我寫好的聲音是響亮而充滿摯愛的。我所以特別感激宗先生是他在介紹歌德的時候，結結實實地在我身上播下了很美的種子。每一顆種子都讓我心跳。他所翻譯的德國學者比學斯基(Bielsehowsky)的〈歌德論〉，是一篇人性洋溢的散文。這篇文章所描述的歌德是一個心靈高度發展的人，是一個身體不斷興奮但精神卻內斂集中的人。這個人是奇異的圓滿人性的組合，在他每一步生活的進程中都是一個錚錚男子漢。他的人格結構是如此幸福，他的每一種心態都是積極的、善的，於世於己有益的部分總是佔著絕對的優勢，所以能在一切奮鬥中從不害及自己與世界，從而永遠成爲勝利的前進者與造福者。經過宗先生的介紹，我更酷愛歌德，更不能忘記歌德對於文學發現與科學發現的那種最眞誠的敬佩和最單純的激情：一行幸運的、意義豐富的詩句之偶得，可以使他喜極而涕。一個自然科學上的發現會使他「五臟動搖」。當他讀到卡德龍(Calderon)的劇本中一幕戲的美麗時，興奮過分，竟停止了宣讀而將書本狠狠擲在桌上……。比學斯基說：只有像這樣一種個性結構的人在老年時可以說道，他命中注定連續地經歷這樣深刻的苦與樂，每一次幾乎都可以致他於死命。

這一故事一直像詩人進行曲在我心中繚繞。每次偷懶，一想起這故事，就感到慚愧：歌德至死都迸射著發現的激情與愛的激情，至死都鼓著孩子般好奇的眼睛注視著世界上新作品的誕生，每一精采生命的問世都使他興奮得五臟動搖，而你為甚麼才年過半百就懶洋洋、慢吞吞？就讓惰蟲在你體內自由繁殖、以至幾乎願意充當惰蟲和魔鬼的俘虜？甚麼時候，你還能像歌德那樣，當你讀到一首精采的詩歌和一幕精采的戲劇時也身心俱震，也坐立不安，也把書本狠狠地擲在桌上太息長嘆，然後向自己呼喚：你，嗜好形而上但又嗜睡的懶鬼，起來！繼續你的抒寫，繼續像篝火般地燃燒你的尚未衰老的激情！

故事二

福樓拜的故事也常使我慚愧。他的一生是那樣緊那樣緊地擁抱著文學。無論甚麼時候，文學都是他的第一戀人。他性情溫柔，情感豐富，從他的文字中可以看出，他的感情河水總是面臨著氾濫，只是嚴謹的文學紀律使他不得不冷靜敘述。毫無疑問，他有戀人，但是，他的第一愛戀絕對獻給文學。子夜的鐘聲響起，從他的寓室裡傳出瘋狂的、帶著人性溫熱的呼喊，此時，人們都確信，那不是在作愛，那是一個文學的摯愛者在創造。狂呼的那一刻，熔岩衝破地殼，那一定是他又贏得了一次高峰體驗，一次新的成功。

我要鄭重地推薦福樓拜的學生、法國另一文學天才莫泊桑所寫的散文：〈從書信看居斯塔夫．福樓拜〉。這篇散文記錄了一個眞正的福樓拜。我把這篇散文視為標尺，它能衡量出人們對文學有幾分愛與眞誠。我常在這一標尺面前垂下頭顱。僅僅是福樓拜的一句絕對命令：「面壁寫作！」就使我羞愧得無地容身。從二十歲到五十七歲，這三十多年最寶貴的歲月，我有幾年眞正面壁過？好些日子都在時髦的革命運動中鬼混。雖說這是荒唐時代的騷擾，但是在平和的日子裡，你又有多少時間面向牆壁進入深邃的遊思？即使今天，周遭如此寧靜，春光秋序全屬於你，而你一旦面壁，僅僅十天半月，就會叫苦連天，老是想到丹佛的豆漿油條多麼香，北京的烤鴨油皮多麼脆，革命雖不是請客吃飯，但是革命家甚麼好吃的都有……

然而，福樓拜一坐下來面壁就是四十年。莫泊桑的散文一開頭就說：

> 誰也不如居斯塔夫．福樓拜更看重藝術與文學的尊嚴。獨一無二的激情，即熱愛文學，貫穿他的一生，直至辭世。他狂熱地、毫無保留地酷愛文學，沒有人能與他媲美，這個天才的熱情持續了四十多年，從不衰竭。

獨一無二的天才激情持續了四十多年，這可不是輕鬆的持續，而是孤獨面壁的四十年的持續，是一種以「絕對的方式」熱愛文學、擁抱文學、孕育和創造文學的持續。莫泊桑告訴我們，這種絕對的方式，就是在他的被文學之愛所充滿的心靈裡，沒有給文學之外任何別的宏願留下位置。「榮譽使人失去名聲」，「稱銜使人失去尊嚴」，「職務使人昏頭昏腦」，這是福樓拜經常重複的格言。既然文學佔有他的全部心靈空間，那麼，它就容納不了別的。於是，熱愛文學的絕對方式又外化成他的一種行爲的絕對方式；他幾乎總是獨自生活在鄉下，只到巴黎看望親密的朋友，他與許多人不同，從不追逐上流社會的勝利或庸俗的名聲。他從不參加文學或政治的宴會，不讓自己的名字與任何小集團和黨派發生糾葛；他從不在庸人或傻瓜面前折腰，以獲得他們的頌揚。他的相片從不出售；他從不在生客面前露面，也不在上流人士出入的場所出現；他好像帶點羞赧地隱藏起來。他說：「我將自己的作品奉獻給讀者，最起碼我得保留自己的模樣。」

他如此絕對，如此遠離集團，如此把自己隱藏起來，是爲了悠閒嗎？是爲了孤芳自賞嗎？不，他只是爲了把整個心靈交給文學，只是爲了把全部時間獻給他的第一戀人。他在給女友的信中說：「我拚命工作。我天天洗澡，不接待來訪，不看報紙，按時看日出（像現在這樣），因爲我工作到深夜，窗戶敞開，不穿外衣，在寂靜的書房裡，像發狂一樣狂呼亂喊。」福樓拜面對四壁和星空，度過無數感情澎湃的夜晚。我不知道，中國有幾個作家像他這樣以絕對的方式把全生命投進文學之中？我在提出這個問題時，自己的臉也紅了起來。

故事二

愛得發狂。眞有對文學愛得發狂的人。一想起歌德、福樓拜的呼叫，我就想起十九世紀中葉俄羅斯那群卓越的批評家和詩人，從《祖國紀事》的常務編輯格利羅維奇到別林斯基和涅克拉索夫。這些人長著一雙尋找文學天才的眼睛，他們的眼光犀利得讓人害怕，不了解他們的人，以爲他們的眼裡和額頭上布滿寒氣。其實，他們是一群渾身都是熱血、愛文學愛得發狂的人。只是，他們的心目中都有一個自己假定的理想國，一個絕對不能讓冒牌貨踏進的美麗的園地。園地的圍牆是嚴格的，他們的炯炯有神的眼光守衛著，顯得有點冷。可是，當他們發現有人正是假定理想國的公民，其才華正是他們那塊文學園地所期待的鮮花碩果時，你猜，他們會怎樣？他們就發狂了。他們就毫不保留、毫不掩飾地對他（她）表示愛，傾訴愛，在他們面前像孩子似地哭泣起來。

陀思妥耶夫斯基就經歷過一次被愛的震撼。那年他才二十多歲，剛剛寫完第一部中篇小說《窮人》。猶豫了一陣之後，他終於怯生生地把稿子投給《祖國紀事》的格利羅維奇和涅克拉索夫。然後就到一位朋友那裡讀果戈理。回家時已是凌晨，這時他仍然不能入眠。突然，傳來一陣敲門聲。門打開了，原來是格利羅維奇和涅克拉索夫。他們讀完了《窮人》，此時，他們激動得不能自己，撲過來緊緊地把陀思妥耶夫斯基抱住，兩人都幾乎哭出聲來。涅克拉索夫，這位俄國的大詩人，性格孤僻、謹愼，很少交際，可是此刻他卻無法掩蓋最深刻的感情。他和格利羅維奇告訴這位尚未成名的年輕人：昨天晚上他們一起讀《窮人》，「從十多頁的稿子中就能感覺出來」，他們決定再讀十頁，就這樣，讀到晨光微露降臨。一個人讀累了，另一個接著讀。讀完之後，他們再也無法克制自己的喜悅之情，而且異口同聲地決定立刻來找這位年輕人，也許年輕人已經睡了，不要緊，睡了可以叫醒他，這可比睡覺重要！他們來了，他們爲俄國的文壇又出現一個傑出者而把眼睛哭得濕漉漉的。

見面之後，涅克拉索夫把《窮人》拿給別林斯基看，並叫喊道：「新的果戈理出現了。」大批評家別林斯基有點懷疑：「你認爲果戈理會長得像蘑菇一樣快呀！」可是當天晚上他讀了之後，立即變成一個急躁的孩子：「叫他來，快叫他來！」他對著涅克拉索夫呼喊著。陀思妥耶夫斯基來到時，別林斯基的目光瞪著年輕人：「你了解自己嗎？」「你了解自己嗎？」他大聲叫著：「你寫的是甚麼!?」他在喊叫之後便解釋作品爲甚麼成功，年輕人雖然寫出來但未必意識到的成功。批評家對青年作者說：「你會成爲一個偉大的作家。」在那幾天裡，一八四五年五月間的幾天裡，俄國的大批評家、大詩人，爲發現一個天才而沉浸在狂喜之中，那幾個白天與夜晚，他們的內心經歷了一個任何世俗眼睛無法看到的狂歡節。他們的心地的廣闊與善良是非常具體的，他們對文學的愛與眞誠是非常具體的，陀思妥耶夫斯基感受到這種愛之後，作出這樣的反映：

> 我一定要無愧於這種讚揚，多麼好的人呀！多麼好的人呀！這是些了不起的人，我要勤奮，努力成爲像他們那樣高尚而有才華的人。

每次我仰望陀思妥耶夫斯基這一崇山峻嶺的時候，就想起他的處女作《窮人》問世的時刻。

那些為他的墜地初生而像母親一樣含著喜悅眼淚的好人。那些人就是偉大作家的第一群接生婆，這些把初生的嬰兒捧在自己的暖烘烘的胸脯中的思想家與詩人，正是嬰兒的搖籃、故鄉和祖國。

故事四

如果說，別林斯基、涅克拉索夫這種年長者對年幼者的愛，拯救了我靈魂的一角的話，那麼，我靈魂的另一角則是被年輕的作家對前輩作家的愛所拯救。六十年代我的祖國興起的那場文化大革命把後一種愛徹底毀滅。那時，年輕的一代在打破任何權威與偶像的口號下，徹底地踐踏了古今中外所有的優秀的作家與詩人。「橫掃一切牛鬼蛇神」，包括橫掃人類有史以來最傑出的哲學家和文學家。正當需要培育對人類精神價值創造者的無限敬重的時候，我們這一代人和比我們更年輕的大學生與中學生，卻在革命的名義下粗暴地嘲笑這種敬意。在嘲笑的同時，心靈中生長出來的是一種最無知的蔑視和隨意否定、隨意撕毀精神創造物的邪惡。我和一些良知殘存的朋友曾經看清那場大革命所造成的巨大死亡，看到死亡深淵中那些難以漂散的血與靈魂。但是，我們並未注意到，大革命在製造死亡的同時卻生產出一些極其可怕的、幾乎要使我們的祖國致命的東西，這就是嗜殺嗜鬥的性格，撒謊的本領，做巧人和假人的策略，老子天下第一的幻象，反覆無常善變的作風，為了拔高自己而不顧人格尊嚴地打擊同行的傑出者與前輩學者的脾氣。我穿越過大革命的狂亂深淵後，寫了許多批評這場革命的文章，表明我對反人道行爲的極端憎惡，然而，我並未充分意識到，這場革命的帶毒的射線也輻射到我的血脈深處，直到七、八年後（即我第一次提出懺悔意識的時候）才第一次認眞地想到：革命爆炸的輻射物顯然存留在我的身內，十幾年前、二十幾年前那一雙仰望老師的蓄滿天眞與敬意的眼睛消失了，還有那一雙像渴望雨水似的渴望人類一切精神大師澆灌的眼睛也變質了。奇怪，怎麼眼睛老是轉向自己，怎麼老覺得自己像一朵花，很漂亮，簡直壓倒前一代的群芳了。幻象產生了，一代人共同的病態產生了。能夠意識到這幻象，能夠使我克服魔鬼的誘惑而繼續謙卑前行，又是得益於一些作家的故事。

故事紛繁，我還是講講茨威格吧。在《性格組合論》中，我用散文的語言分析他的中篇小說：《一個陌生女人的來信》和《一個女人的二十四個小時》，後來我又讀了他的《異端的權利》與《昨日的世界》。我對他眞的欽佩之極。毫無疑問，他是個天才。然而，天才並非靠天賦的素質就擁有一切。我從茨威格身上，看到他的成功首先源於他對前輩或比他先行的作家的愛慕和發自心靈最深層的敬意。他總是想起歌德的話：「他學習過了，他就能教我們。」這就是說，誰走在前面，誰就可以當我的老師。茨威格就是這樣謙卑地望著一切先行者，更不用說那些比自己年長的作家學者了。謙卑與敬慕使他從年輕時期就產生一種嗜好：蒐集作家和藝術家的手稿。當他發現一張貝多芬的草稿時，就像著了魔似地驚呆了，他愛不釋手地把這張陳舊手稿當作天書似地整整看了半天，沒有一種喜悅與興奮能超過這種喜悅與興奮。一九一〇年的一天，他又一次驚呆了：在他所住的同一幢公寓裡，他見到一位教鋼琴的老小姐，而這位小姐的已經八十歲的母親，竟然是歌德保健醫生福格爾博士的女兒，並於一八三〇年由歌德的兒媳婦當著歌德的面接受洗禮。由於對歌德的衷心崇敬，茨威格見到這位老太太時激動得有點暈眩：世間居然還有一個受到歌德神聖目光注視過的人，居然還有一個被歌德圓圓的黑眼睛悉心愛撫和注視過的人活在這世界上。茨威格驚奇地久久地望著這位老太太，他雖然沒有像這位老太太被歌德的目光愛撫過，但他被歌德的作品照射過和培育過，他從內心深處感激歌德，知道對傑出人物的愛慕與尊敬，乃是一個人的優秀人格的表現。而那種企圖通過貶低和踐踏前輩作家而拔高自己的人，其人格一定是卑劣的。

茨威格名滿天下之後，他對先行者的仰慕並沒有被自己的名聲所沖淡。他始終用最虔誠、最純眞、最熱情的筆調描寫著他所見過的詩人與學者，從哈爾維倫、羅曼・羅蘭、克里爾到羅丹與弗洛依德。他把最美好的語言獻給這些精神價值創造者，用最熾熱的感情再現他們的優秀品格和卓越精神。當他被羅丹邀請到工作室觀賞雕塑創作的時候，羅丹由於精神過於集中，在創作完成之後竟忘了他的存在。茨威格，這位年輕的客人是羅丹親自帶進創作室的，可是在聚精會神工作之後，他竟然想不起來：這個年輕的陌生人是誰？等到想起來之後，他才向茨威格表示歉意。如果是一個虛榮心很重的人，如果是一個對藝術大師缺少眞誠的敬意的人，茨威格此時該會多麼不愉快。可是，茨威格恰恰相反，他從羅丹的遺忘中看到大師成功的秘密就在於能夠全神貫注地工作，並由此產生更高的敬意。他感激地握住羅丹的手，甚至想俯下身子去親吻這雙手。每次想起這個故事，我就要說：羅丹的雕塑是美的，而站在雕塑前因仰慕而發呆的茨威格的謙卑，也是美的。兩者都像明麗的金盞花，都像科羅拉多高原上的藍寶石。

每次讀羅曼・羅蘭所寫的《托爾斯泰傳》和茨威格所寫的《羅曼・羅蘭傳》，我都激動的幾乎要叫喊起來。除了興奮，我還感慨，作家抒寫作家，投下這麼高的敬意與眞情，這正是品格。在中國，我只看到學人所作的作家傳，很少看到作家爲其他作家立傳。爲甚麼同時代的作家不能互相獻予茨威格的愛呢？是缺少時間，還是缺少茨威格那種嬰兒般的單純呢？

我知道我的心魂是脆弱的，需要人類偉大靈魂的援助。今天我重溫茨威格和其他天才們的名字與故事，只是希望他們繼續援助我，不管明天的時間隧道中橫亙著多少莽原荒丘，有他們的名字與故事在，我的人生之旅也許可以超越沉淪。

——二〇〇〇年・選自香港天地圖書版《漫步高原》

夢裡已知身是客

每次讀李後主「夢裡不知身是客」的詩句之後，聯想到自己，總是想改一個字，即改爲「夢裡已知身是客」。

愛因斯坦在臨終之前，囑咐他的家人在他的墓碑上只要寫上「愛因斯坦到過地球一回」。這位偉大的科學家經歷了人生之後，只覺得自己曾到地球做了一次客人，過客而已，並不覺得自己做了什麼「偉大貢獻」，生怕人們忘記他。

大致是受魯迅「過客」精神的影響，我也早就意識到自己不過是一名匆匆的過客，不知從哪裡來，也不知到哪裡去，但確知自己是個漂流的過客，連在夢裡也知道自己是個客居他鄉的路人，從未有過「喧賓奪主」的非分之想。

到美國，到瑞典，擔任的是訪問學者、客座教授，到香港也是客座客席，我喜歡這種名稱，它正好符合我的本分本色。

十幾年前在大陸，頭頂各種桂冠，難道就不是客人嗎？那時我在夢中也覺得是個客人，知道桂冠與軀殼早晚要灰飛煙滅，靈魂早晚要離開這個地方，或二十年後，或四十年後，或六十年後，總是要離開，總是要走進已知的墳墓和未知的遠方。所謂故鄉、故園，也不過是暫時的寄寓之所，所以曹雪芹才告誡人們不要「反認他鄉是故鄉」。到了香港才一個月，已有好幾位朋友問我，以後還回大陸居住嗎？我回答說，可能回去，但回去只是客人，即使埋葬在那裡，也只是客人，只是來到地球走一遭的客人。這雖然沒有「主人翁」的思想，不太有出息，但也有好處，這就沒有「佔有」的慾望，更沒有主宰他人的興趣。當一個過客，還想佔山爲王、佔地爲霸嗎？當然不會。這才悟到：不想當高樓大廈和其他各種權力大廈的主人，才有自由。倘若連一座小屋也不想佔有，就更自由。五年前我的北京小屋被劫走之後，眞覺得什麼債也不欠，最後的負累也放下，自由多了。雖然從此在故國再也沒有安居立足之地，但也不氣餒，過客本來就沒有立足之地與常住之所。「無立足境，是方乾淨」，這句禪語，到了此時才算明白。

也許因爲確知「夢裡已知身是客」，日子便輕鬆得多。既然是過客，便沒有過去的包袱，也沒有未來的包袱，時間彷彿只有「現在」維度，最重要的是當下的思想、文字、責任、心靈狀態。在《獨語天涯》中，我寫過這樣一段話：「時間把所有的人都變成過客，把萬物萬有包括最輝煌的人生都變成暫時的存在。意識到時間更改一切的力量，人才會認眞地抓住現在這一刹那，把現在這一刹那視爲唯一的實在，把理想視爲延長這一刹那和美化這一刹那的夢。」沒有昨天與明天的包袱，也就沒有那麼多世故與心機，該說就說，該笑就笑，該罵就罵，用不著迎合與俯就，用不著和他人爭奪鮮花與掌聲。客人最知道沒有不散的筵席，最知道好就是了，了就是好，最知道此時此刻創造精神價值與享受自由權利的重要。

愛因斯坦最後的遺囑說明他確切地了解「過客」乃是人的宿命。難怪他生前要說「只追求眞理，不佔有眞理」，也就是說，只管耕耘，不管收穫。耕耘屬於現在。可見，過客雖然輕鬆，但並不輕浮。

——原載二〇〇一年一月號香港《明報月刊》

今昔心境

五月間，上海文藝出版社出版了我在海外所寫的兩部散文集：《獨語天涯》與《共悟人間》（和劍梅合著的《父女兩地書》）。闊別故國十二年後，自己的作品能與同胞兄弟再次相逢，自然高興。雖然高興，卻不興奮。

書稿（即天地圖書版）是在幾個月前發出的。此次發稿的心境與十五六年前發出〈性格組合論〉時很不相同。那時急著出書，急著「問世」，今天卻一點也不急。只覺得已發表的作品和將發表的作品，都不過是留在雪地上的足跡。時間的光焰化解了白雪，也將化解雪上的腳印，無可逃遁。雖然尋求比肉體更久遠的生命，但我並不相信自己留下的足跡能夠永恆。這麼想之後仍然努力寫作，是因爲寫作本身就是靈魂的呼吸。每部書都像生命的船隻，不斷地負載著身軀前行，每部書似乎都把我帶到新的地方，也都使我更貼近那個心靈憧憬之處，這種體驗使我難以停筆。不過，有一天，眞的上岸了，到了一個該落腳的地方，這些船隻已完成它的使命，便可以放一把火燒燬，人間絕不會因此而減色。其實，出點書並不太重要。天地無言，最偉大、最美麗的宇宙天體並不著書立說。存在比語言更美。

急於「問世」，無非是急於成名。今天不急了，也不是因爲已經有名，而是同樣感悟到偉大的存在不僅無言而且也無名。所謂宇宙，所謂天地，都是人給予命名的。除了偉大的天體存在本無名之外，好些偉大的語言創造也沒有名字，如我心目中兩部總是讀不盡說不完的「天書」——《山海經》和《易經》，就不知道作者是誰。遠古的天才作者在著寫這兩大奇書時，一定沒想到要趕緊發表，更不會想到流芳千古與萬歲萬萬歲等。海德格爾最欽佩我國的老子，可是《道德經》卻完全是被迫寫出來的。海氏追問存在的意義，而老子則是存在本身，即所謂「道身」。卓越的存在無須自售，無須爭名於朝和爭利於市。開啓二十世紀世界文學荒誕新傳統的卡夫卡，臨終時叮囑友人燒燬自己的手稿，大約也是想到沒有他的作品，太陽照樣升起，星星照樣發亮。倘若卡夫卡在世時想到自己的小說要進入市場光榮榜和文學史英雄譜，一定不會寫出《變形記》、《審判》、《城堡》等開創一個文學時代的作品。八十年代中期我發出「性格組合論」時想的不是這些，心境自然也就難以平和。

與十多年前在國內所寫的散文詩相比，在海外所寫的散文也很不相同。那時最能反映我心境的意象恐怕是「山頂」，不管山頂上有什麼，就是要攀登，這種生命激情雖然至今還沒有完全消失，但更能代表我此時心境的意象則是「谷底」。谷底不是幽黑，而是靜穆；不是放歌，而是沉思。谷底比山頂更適合於默默修煉。谷底沒有無限風光，但有潺潺泉流。谷底不能像站立於山頂那樣容易吸引人們的目光，但有益於安靜地表達內心深處那些自由而眞實的聲音。除了基調上的變化之外，在海外因爲進入第二人生，便多了一個「第一人生」的前世之維。我眞的把出國前的那段歲月當作「前世」。曾經寫過文章，曾經投入愛戀，曾經出過書籍，但這一切都是前世的事了。「前世」是資源，不是包袱。

從急到不急，從山頂到谷底，心境意境語境如此變遷，眞覺得人生如夢如幻。

二〇〇一年六月五日

——原載二〇〇一年七月號香港《明報月刊》

高行健的第二次逃亡

高行健獲得諾貝爾文學獎即將一年。在這一年裡，巨大的榮譽終於把他推出寧靜的書房與畫室，使他不能不生活在公眾社會的鮮花與掌聲的包圍之中。一個純樸的、與世無爭的筆墨赤子，卻必須帶著最沉重的桂冠周遊世界，這是異常辛苦的。難怪他一再說：這不是我的正常狀態。十一月下旬，高行健即將來香港接受中文大學授予的「榮譽博士」稱號，這可能是他的「光榮旅程」的句號。至於十二月份他到瑞典參加慶祝諾貝爾獎設立一百周年紀念活動並將發表長篇演說，那是新的崇高的工作。他感到獲獎的意義就在於能在一個億萬人願意傾聽的歷史講壇上，發出自由而眞實的聲音，純屬個人的又可與人類心靈交匯的聲音。

儘管他到處奔走，但我們總是能在電話裡好好說一些話，最讓我感到奇怪的是，繁忙並沒有使他的思想疲憊。「要走出老問題」，「要尋找新的起點」，他總是這樣激勵自己，其實也是激勵我。每次談完話，我就覺得，這世界已沒有什麼力量可以阻擋他了，包括巨大的榮譽。至於那些刻意的貶抑、攻擊和中傷，更不能進入他的聽覺與視覺。他知道不遭嫉妒是不可能的，而且也確實沒有時間理睬那些無價值的喧嘩。我更知道，諾貝爾文學獎倘若授予一個外星人，人們不會有意見，而授予高行健，則會沖淡他們的「光輝」，把他們拋得更遠。瑞典學院去年在地球北角發出的那一道光，照亮了高行健的名字，也照出了許多陰暗的世相與心思。

無論是讀行健的作品，還是和行健聊天，我都感受到一股語言的清風。我不是一個赤手空拳的人，著作的數量比行健還多，但我覺得自己不如行健。今年二月到新加坡時，有記者問：「你和高行健有什麼不同？」我說：「我會寫論文散文，這些高行健都會，可是高行健會創作出那麼精采的小說、戲劇、繪畫，還會導演，我卻不會。」這是眞的。但我們有一個共同點，就是喜歡作靈魂的旅行。我們都把靈魂的大門打開了，打開給讀者看。我們不去迎合讀者，但給予讀者們最高的尊重，這就是獻給讀者以眞誠和眞實，絕不欺騙讀者。行健說：「眞誠與眞實是文學顚撲不破的品格，它不僅是審美屬性，而且本身就是倫理。」不錯，至善至美就在至眞之中。和行健談話，總覺得他在遙遠的塞納河畔和地中海邊的靈魂是暢開著的，既不媚俗，也不媚雅，既不媚東方，也不媚西方，全是魂魄的眞實。讀他的《靈山》，可以聽到他的靈魂之旅的足音，所以我說它是「內心《西遊記》」；讀他的《一個人的聖經》，則可聽到他的靈魂斷裂的呻吟與叩問，所以我說它是「時代《黑暗傳》」。高行健比許多文采斐然的作家還強出一點的，正是在他的文采背後，還有一個靈魂的維度，一個禁得起分析和闡釋的精神單位。

一個充滿靈魂活力的人，是不能生活在世俗世界的榮耀之中的。所以九月下旬他到台灣舉辦畫展前夕，特別告訴我，他將作第二次逃亡，此次逃亡是從公眾形象的光環中逃亡，從鮮花、獎品與桂冠的覆蓋中逃亡。這是我意料之中的。高行健的本性、根性是不會改的，沒有什麼力量可以改變它。只有在文學藝術中，他才感到自己是眞實的存在，才得「大自在」。他深知作家的失敗，就在於內心力量不足以抵禦外部力量的壓迫和誘惑。正像第一次逃亡一樣，逃亡不是革命，而是自救，不是退卻，而是守衛與前進。他在第二次逃亡中將守住生命中的那點幽光，那點使他的天才源源不絕地轉化爲小說、戲劇和繪畫的幽光，那點幫助他感受外部世界和推動他向內心世界不斷挺進的幽光，那點支持他面對荒誕世界仍像堂・吉訶德頑強進取的幽光。這點幽光，是他上下求索之後而找到的「靈山」，他必須守護它，並讓它在精神巔峰上放出更奪目的山光與山色。

——原載二〇〇一年十一月號香港《明報月刊》

第二人生三部曲

朋友們都知道，我把一九八九年的漂流當作第二人生的起點。十二年過去了，想想這段歲月，覺得新的生命路程依稀可分爲三步：第一步算是走過了，走得有點不平靜；第二步正在走，而且愈走愈深；第三步彷彿剛剛開始，還不知能走多遠。倘若把三步路程加以詩化，便是第二人生的三部曲。

1

第一步是「出走」。四十八歲的時候，我於風煙瀰漫中留下一種行爲語言，這就是辭國出走。從小就牙牙學語，學鄉語，學國語，學詩語，學論語，就沒有學過扭轉生命形態的行爲語言。於是，行爲過後便狼狽不堪，陷入孤寂與驚慌，心神動蕩了整整兩年。在思緒無定中，有幾個名字幫助我鎮定下來，這就是釋迦牟尼、賈寶玉、托爾斯泰。此時應當鄭重記下一筆。他們都是出走的偉大先驅，都給人間留下闊別家園的行爲語言。這些人本是王子、貴族、思想巨人，名尊位赫。在世俗的眼裡，他們皆高坐於社會塔尖，幸福極了。宮廷御苑，峨冠博帶，奴僕莊園，錦衣玉食，應有盡有，還有甚麼可不滿不安的？但他們卻偏偏不滿不安。不過，這是靈魂的不滿與不安，他們的出走，正是靈魂的大訴說，無言無語無盡的訴說。許多後來者研究他們的思想、言論，卻忽視他們的大行爲語言。其實，他們的思想深海與情感深海全在告別的行爲語言中。其行爲所蘊含的徘徊、徬徨、決斷、否定、拒絕、期待、嚮往、痛苦、憂傷、勇敢、怯懦以及靈魂的緊張、分裂、衝突、論辯、吶喊、呼叫等等，都遠比文字著作豐富厚實得多。

我雖然未能把握其「出走」的全部內涵，但從他們的行爲語言中確實獲得了靈魂的力量。

釋迦牟尼走出宮廷之後，充當甚麼「社會角色」呢？通常只知道他修行播道，是個「大師」，忘記他首先是個乞丐，如《金剛經》所言，他「著衣持鉢，入舍衛大城乞食」。佛祖開始也是人，不化緣靠甚麼過日子？不過，從帝王盛宴到碗鉢粗食，確實是巨大的落差，而釋迦牟尼在落差中具有怎樣的心境呢？他的永遠的笑容和他的弟子對著他的「拈花」發出會心微笑告訴了我們一切。他的靈魂顯然感到安寧與自在。他所持的「鉢」，不是權力，而是和人間溝通的橋樑，他一定會爲自己和社會底層息息相關而高興。說到乞食一事，人們只知道富人施捨他，不知道他也施捨富人，即施予富人可行慈悲的機會。所以，與其說，釋迦牟尼是窮人的救星，不如說是富人的救星。這一層是我讀了多年的《金剛經》才悟到的。佛教信徒對「拈花微笑」作了無數的闡釋，而我卻只要得到釋迦牟尼內心透徹的信息就夠了。發自內心的幸福未必與皇冠及種種桂冠相連，但一定與大地上億萬生靈純樸的憧憬相通。當我們的眼睛仰望宮廷以爲它是天堂的時候，這位王子則看到宮廷是牢獄，走出牢獄怎能不衷心微笑？悟到大宇宙中的個體如恆河沙粒而這一沙粒該如何得大自在，怎能沒有又是一番微笑？

賈寶玉居住的父母府第，是江南第一大貴族府第，而寶玉本身又是府中的第一快樂王子。榮國府雖不是宮廷，但府中佈滿峥嶸軒峻的廳殿樓閣和蓊蔚湮潤的花木山石以及成群成隊的男僕女婢，卻勝似宮廷。家道中落後雖減少了氣象，但仍不失爲鐘鳴鼎食的浮華之家。然而，即使是處於全盛的黃金時代，賈寶玉也不迷戀這個家，胸前的玉石丟失了幾回——他的靈魂早已出走了好幾次。他被視爲性情乖僻的異端，實際上心中擁有萬種眞摯情思。一個又一個清澈如水的詩化生命在面前毀滅，自己還頂著桂冠如行屍走肉，這還有人的樣子嗎？千里長棚下的華貴筵宴，世人聞到的全是香味，偏是快樂王子聞到朽味與血腥味？一個處於如此環境中的身心怎能不分裂、不迷惘？怎能不尋求解脫？如果說，林黛玉最後的行爲語言是焚燒詩稿，用一把火否定她生存過的世界，那麼，賈寶玉則是用一走了之的行爲語言否定父母府第內外人們所迷戀與追求的夢幻世界。一種眞實的行爲語言，沒有標點，沒有文采，沒有鋪設，卻否定了一個權力帝國與金錢帝國。《石頭記》的故事，其實是一塊多餘的石頭否定一個慾望橫流的泥世界的故事。賈寶玉的出走，乃是走出爭名奪利的泥世界，被男人弄成骯髒沼澤的荒誕世界。

釋迦牟尼和賈寶玉的出走是宮廷王子與貴族王子的出走，可說是青年出走，而托爾斯泰的出走則是八十二歲老翁的出走。一九一〇年十月三十一日早晨，他突然離開沙莫爾金諾村，往高加索方向南行，可是，很快就在途中得了重病，十一月七日就在梁贊——馬拉爾鐵路的阿斯塔波沃站逝世。當時的托爾斯泰可不是等閒之輩，而是一個已經完成《戰爭與和平》、《安娜·卡列尼娜》、《復活》等千古名著的托爾斯泰，一個名滿全球、譽滿全球的托爾斯泰，而且是一個擁有大群農奴與大農莊的托爾斯泰。他的名望高到甚麼程度？當他坐在海邊上時，高爾基看著他，覺得他彷彿便是上帝本身。然而，正是這個可以「亂眞」上帝的人，整天寢食不安，靈魂動蕩無休，最後登上一列通往死亡的火車，訣別家園。他的這一行爲語言一直是一個謎，讓酷愛他的讀者目瞪口呆。這是怎麼了？我們尊崇的精神偶像發瘋了嗎？我們爲之傾倒的娜塔莎、安娜·卡列尼娜和瑪絲洛娃，也不能留住他嗎？對著這個謎，我思索了整整十年，從一九八九年踏上美國的土地在密茨根湖畔就開始思索，每次思索都激動得靈魂打顫。此時，我要說：我愛出走前的托爾斯泰，但更愛出走後的托爾斯泰。托爾斯泰是一個邊寫作邊否定自己的大作家，他最後的出走是一部最精彩的自我批判與社會批判的大書。

和賈寶玉一樣，托爾斯泰在雙腳尚未走出家園時，靈魂已多次走出家園。五十歲左右，他的靈魂就經歷了一次爆炸性的地震，一次對自己的徹底否定。他突然覺得生命面臨深淵，他能呼吸，能吃能喝能睡，但不能生活下去了。「我，身體強健而幸福的人，感到再不能生活下去。」他感到有一種無可抑制的力量硬要把他推向生命之外。爲了抗拒這種力量，他把家裡的繩子藏起來，以防自殺。托爾斯泰思想爲甚麼如此激蕩？爲甚麼如此急於想走出自己的生命？原來，他正受到一種巨大的、無形的壓抑，這就是良知的壓抑。他不僅看到鄉村也看到大都市底層貧民的慘狀。他看到慘狀下的生命沒有生活。慘狀刺激著他，「我們在吃肉，他們卻在挨餓」，他受不了，「人不能這樣過活」，他對朋友叫喊、號哭、揮動拳頭，完全陷入絕望。他必須出走，只有出走才能使他從絕望的感受中走出來，也只有出走，才能使他與污濁的現實圖景拉開距離。因此，他的最後的行爲語言，我們可以讀作對外在世界情景的內心拒絕，儘管這種情景無可更改，但還是要拒絕。除了近乎神經質的慈悲之外，他還極端憎惡自己，覺得自己也在過著另一種形式的非人生活：和沒有靈魂的所謂作家詩人鬼混，和奴役人間的各種奴隸主共謀，甚至當人生已變得毫無意義時還幻想藝術會有意義。他把這一切都寫成了《懺悔錄》。

比托爾斯泰的否定更徹底的是王國維。托爾斯泰面臨絕望的深淵時，還把繩子藏起來，不想死，而王國維卻坦然踏進昆明湖，直赴死亡深淵。王國維和托爾斯泰一樣，也感到有一種力量把他推向生命之外，但他不屈服這種力量。同樣也是在五十歲之際，他決定把這種力量從自己的生命中驅逐出去。過去，我和一些歷史學者一樣，曾泛泛地說王國維是清王朝的遺老，跟不上時代步伐，終於被歷史所拋棄。而現在，我才明白，他不是被歷史所拋棄，而是把歷史從自己的生命中拋擲出去。也就是說，王國維投湖自殺這一行爲，是一種更徹底的出走形態。他是個先知，他已在大時代的風潮中聞到血腥味，他顯然預感到葉德輝的頭顱被砍斷之後下一步要輪到他了。「義無再辱」，他要保護自己的自由人格和生命尊嚴，就得把歷史拋出去，防止血雨腥風進入自己的軀殼。而要做到這一點，沒有別的辦法，只能果斷地從自己的軀殼中出走，走到另一個未知的乾淨世界。陳寅恪感佩王國維的這種精神，從而承繼了這個徹底出走者的魂魄。

釋迦牟尼、賈寶玉、托爾斯泰、王國維的行爲語言，寫在天空、大地上。這種無字之書常被人們忽略，但我卻看到其中密密麻麻的詩行和質疑人間荒誕的大問號。這種語言不是文字，但比文字更美麗更壯闊。多年來，我自信心靈狀態是好的，其中的一個原因就是受到這幾部無字之書的鼓舞。儘管我的行爲語言和他們相比微不足道，但從他們的無言之言中卻明白我所走的第一步並非沒有理由，走出家園的第一個腳印並不蒼白。

2

無論是釋迦牟尼、賈寶玉還是托爾斯泰，他們的出走，都不是被放逐，而是自我放逐。賈寶玉出走後到哪裡去，心情如何，無可查證。托爾斯泰出走後不久就逝世了，未能留給我們出走行爲的下篇語言，眞是遺憾。唯有釋迦牟尼，充分地展開出走後的偉大人生。釋迦牟尼的出走，是最完整的出走。他的行爲語言後半部首先啓迪我：自我放逐後其實不是放逐，而是自我回歸：回歸到生命尊嚴可以立足之處，回到心靈可以自由馳騁之處，回到腦汁、膽汁和其他生命液汁可以自由投放之處。釋迦牟尼眞的得大自在，難怪他擁有永遠的笑容。

當我意識到自我放逐也是自我回歸的時候，心境一下子變了，我也有理由從情感深處發出微笑：我在落磯山下，彷彿甚麼都沒有，可是我卻擁有一種夢寐以求的安靜與自由表達的權利。自由表達，這是怎樣的價値，我一直找不到適應的字眼來形容它。但我知道，當我擁有它的時候，我便回到生命的高貴之中。憑這一點，就應當高興，就應當像佛陀那樣與朋友學生作拈花微笑的心靈遊戲。

在自我回歸的路上，我特別要感謝我國的偉大哲學家老子。擁有自由表達的權利，這僅僅是個前提，從這一前提出發，該回到哪裡去？我在這個問題面前徘徊了好久，是老子告訴我：「復歸於嬰兒」——你應回歸到嬰兒狀態。《道德經》一次又一次地發出這樣的呼喚。

偉大的先哲從根本上啓發我，我眞的按照他的呼喚給自己提出返回童心的口號，並開闢了兩個童心向度：一是返回到剛來人間那最初的一刻，找尋那一瞬間柔和的目光，未被世俗的塵埃與知識的塵埃所染污的目光。二是返回《山海經》時代故國最本眞、最本然的精神文化，精衛、夸父所代表的沒有世俗包袱、知其不可爲而爲之的文化。眞的走「出來」了，又眞的返「回去」了。在異邦的土地上，我眞的以全部生命擁抱女媧、擁抱精衛、擁抱夸父與大禹，從擁抱《山海經》一直到擁抱《紅樓夢》，中間還有魏晉風骨、明末性情、禪宗慧悟等英華精粹。以往讀的是「老三篇」，這回讀的是「老三經」：《山海經》、《道德經》和《六祖壇經》。對於古代經典與古代英雄故事，我不再用頭腦去閱讀，而是用生命去閱讀，用曾經在艱難困苦的險風惡浪中滾打過的生命去閱讀，因此，都讀出心得與力量。

在回歸之旅中，我除了與創世紀的原始英雄們相逢之外，還與老子、嵇康、達摩、慧能、李贄、曹雪芹等偉大的靈魂相逢。我第一次向他們深深鞠躬，並和他們的靈魂展開論辯和對話。我走進他們的身體裡，他們也走進我的身體裡，他們就是我的祖國，我的故鄉，我的文化。於是，我非常具體地感到祖國、故鄉就在我的身軀裡，也非常具體地感到祖國故鄉和我來到另一片土地。祖國具體到伸手就可觸摸得到，故鄉也充滿質感。因爲有這種感覺，我便抽象出兩個概念，原來，祖國可以分爲物質結構的祖國和性情結構的祖國，我雖然告別物質結構的祖國，卻回歸到性情結構的祖國，而這個祖國此刻就在我的骨髓深處。揹負著祖國，我從東方的天涯走向西方的天涯，走得愈遠，就回歸得愈深。走到後來，自我，祖國，故鄉，嬰兒，自由之神，全滙合成一處，那正是我生命的大同世界。

我國的偉大詩人屈原被放逐之後，似乎沒想到放逐與回歸可以相通。倘若他像釋迦牟尼那樣意識到走出宮廷之後世界會變得更大，天地會變得更廣闊，完全可以藉被放逐的時光回到生命的本眞處與自由處，他的《離騷》一定會有另一番精彩的變奏。我雖崇敬屈原，但不會和他的靈魂一起生活在永遠的鄉愁之中，倒是要給他一個「回歸」的提議。一定要走出來，也一定要走進去，生命的詩意就在這出出入入的內在神遊之中。

3

說完第一步的「出走」和第二步的「回歸」，該說第三步了。如果也需要給這一步命名，那就是「嫁接」了。嫁接東方與西方兩種文化與情感，讓兩種文化在我生命的土壤中一起生長，也許是日後該多想多做的事。

就在回歸故國精神本源而與老子、慧能、賈寶玉等偉大靈魂的相逢中，我發現他們有和基督一樣的身影和血液。老子誕生得比基督早暫且不說。而慧能、賈寶玉，簡直可以說是東方基督，他們的大愛之心與慈悲之心哪一點比基督遜色？慧能雖是宗教領袖，但他並不迷信教門偶像，更不嚮往宮廷桂冠和大師名號，連傳宗接代的衣缽也不在乎。賈寶玉則愛一切人與寬恕一切人，連「劣種」兄弟賈環和慾望的化身薛璠也不視爲「異類」。偉大靈魂的深淵，流淌著一樣清澈的泉水，其靈犀本就相通。我既漂流海外，穿梭於東、西方之間，本就應當特別留心這相通處。

慧能可以和基督「嫁接」，也可以和卡夫卡「嫁接」。慧能提示說：佛就在你心中。你的全部努力就是釋放出你的心中之佛，你就是你的解放者。而從卡夫卡那裡，我也得到同樣的啓迪。卡夫卡一生沒有離開過布拉格，可是他卻最深切地感悟到全人間變形變態的苦痛，他沒有到過美國，卻寫出描述美國的精彩小說，道破人類的共同困境。這就因爲他的靈魂大門打開了，自由之神與藝術之神從他心中釋放出來了。他的作品是人類寓言，他的人生則是一部精彩傳奇。無論是慧能還是卡夫卡，都告訴我：傳奇在內不在外，你一生該做的事只有一件，這就是把你內心的「佛」與「神」請出來。所謂傳奇，並不是從歷史情節中產生，而是從內心深處流出。能打開靈魂的閘門，能穿越內心深處的關卡，傳奇就誕生了。正是在精神深處，我感到自己可以有所作爲，在溝通與接嫁上有所作爲。

出走時，我在空間上從東方走到西方；回歸時，我在時間上從現代走向古代；嫁接時，古今中外則全匯聚在此時此刻。我漂流到哪一點上，說不清楚，但漂流之路愈走愈寬則是可以肯定的了。

雖然已到六十耳順之年，但覺得一切都還在生長，尤其是思想年齡，其實還不到二十歲，更覺得粗嫩。過去所作的一切，都在開掘生命潛力，不是愈開掘愈老，而是愈開掘愈有青春泥土氣息，將來開掘到深處，發現東西方文化的血脈在自己身上打通，內心深處的韻律與宇宙深處的節奏可以共鳴共振，說不定又會發現生命尚有新的路程，又有一番喜悅。沒有終點，這大約是漂泊者的宿命。

——二〇〇二年二月．選自香港明報版《閱讀美國》

後記

每次即將出書，都想補一「後記」，覺得有後記書更完整，自己似乎也對書更負責。

一九八九年，因為在天安門廣場發出一聲「救救孩子」的呼籲，我的散文也跟著遭殃。呼籲之前，除了頭上掛滿各種桂冠名號之外，散文也很幸運，獎勵，播送，賞評，優選，進入教科書，熙熙攘攘。呼籲之後，儘管我的寫作更加用功，散文繼續生長，僅《漂流手記》系列就出版了七部，但在大陸卻被抹煞得乾乾淨淨。所有的文學刊物、散文選本、評論文章沒有一處敢安放我的名字。唯一例外的是三年前謝冕主編的《百年文學經典》，硬是把拙作〈讀滄海〉選入其中。謝冕是富有詩人氣質的詩歌評論家，天性格外正直，才能闖出這一奇蹟。大陸文學批評界向來跟隨「形勢」浮沉，追波逐流，沒有自身的尊嚴，所言所論往往不可信，所以我並不在乎他們的「活埋」。此時講這些「情況」，只是想告知讀者朋友，在今天中國的歷史語境下，我的散文能進入「新世紀散文家」系列，並不容易。也想說明，在方塊字評論世界裡，還有正直、真切的審美眼睛在。為此，我要感謝詩人陳義芝先生，他偏居東南一隅，竟有眼光看到一種抒寫內心滄桑的生命的孤本，並讓它進入他的「新世紀散文家」合眾國。

——二〇〇二年八月二十六日香港城市大學校園

劉再復寫作年表

一九四一年　出生於福建省南安縣劉林鄉。

一九五九年　考取廈門大學中文系。在校四年期間，曾擔任魯迅創辦的文學刊物《鼓浪》主編，並開始在《廈門日報》的副刊發表詩文和評論。

一九六三年　到北京中國科學院哲學社會科學部（中國社會科學院前身）《新建設》編輯部擔任文學編輯。文化大革命結束後轉入文學研究所。

一九七六年　出版與金秋鵬、汪子春合著的學術著作《魯迅與自然科學》（科學出版社）。

一九七八年　出版批判「四人幫」的文集《橫眉集》（與楊志杰合著，天津人民出版社出版）。

一九七九年　出版散文詩集《雨絲集》（上海文藝出版社）。

一九八一年　出版學術論著《魯迅美學思想論稿》和《魯迅傳》（與林非合著）。兩部專著均已由中國社會科學出版社出版。

一九八三年　出版散文詩集《深海的追尋》（湖南人民出版社）和《告別》（福建人民出版社）。

一九八四年　任中國社會科學院研究員。在《文學評論》上發表《論人物性格二重組合原理》。出版散文詩集《太陽・土地・人》（天津百花文藝出版社）。

一九八五年　出任中國社會科學院文學研究所所長，《文學評論》主編。在《讀書》雜誌發表《文學研究思維空間的拓展》，倡導文學批評方法的變革；年底，發表《論文學的主體性》上篇，次年年初，發表《論文學的主體性》下篇（《文學評論》一九八五年第六期，一九八六年第一期），引發大陸一場文學理論的論爭。

一九八六年　出版學術專著《性格組合論》（上海文藝出版社），成爲該年十大暢銷書，獲「金鑰匙獎」。一九八八年台北新地出版社發行台灣版。學術論文集《文學的反思》出版（人民文學出版社）。

一九八七年　執筆寫作的《中國大百科全書・文學卷》總論（即頭條）正式出版（與周揚共同署名）。

一九八八年　出版散文詩集《人間・慈母・愛》（人民文學出版社）和《劉再復散文詩合集》（華夏出版社）。台北新地出版社推出《深海的追尋》、《太陽・土地・人》及《性格組合論》台灣版。與林崗合著的《傳統與中國人》出版（北京三聯、香港三聯、台北人間）。同年出版的還有《論中國文學》（作家出版社）與《劉再復集》（黑龍江教育出版社）等兩部論文選集。十二月上旬，作爲瑞典學院特邀的第一位中國作家與評論家到斯德哥爾摩參加諾貝爾獎贈獎儀式。

一九八九年　三月第一次到美國，先後在哥倫比亞大學、哈佛大學、芝加哥大學、史坦福大學、加州大學聖地亞哥分校作學術講演。八月第二次到美國，在李歐梵教授主持的芝加哥大學東亞研究中心擔任研究學者。開始寫作《漂流手記》。

一九九二年　擔任瑞典斯德哥爾摩大學東亞系「馬悅然中國文學研究客座教授」。《漂流手記》第一卷出版（香港天地圖書公司）。斯德哥爾摩大學東亞系高級講師、馬悅然夫人陳寧祖開設「劉再復散文」課程。《人論二十五種》出版（牛津大學出版社）。香港印行《尋找的悲歌》散文詩集（天地圖書公司）。

一九九四年 主編《文學中國》學術叢書（天地圖書公司出版），爲高行健《山海經傳》作序。《遠遊歲月》（《漂流手記》第二卷）和學術論文集《放逐諸神》出版（香港天地圖書公司）。同年台北時代風雲出版社出版《漂流手記》和《放逐諸神》台灣版。

一九九五年 和李澤厚的長篇對話錄《告別革命》第一版在香港發行（天地圖書公司）。一九九九年在台北麥田出版社推出台灣版。

一九九六年 香港三聯印行《傳統與中國人》第四版。

一九九七年 《西尋故鄉》（《漂流手記》第三卷）出版（天地圖書公司）。

一九九八年 在美國科羅拉多大學東亞系和葛浩文教授組織和主持「金庸小說與二十世紀中國文學」國際學術討論會，並發表會議導言：「金庸小說在中國現代文學中的地位」。

一九九九年 《獨語天涯》和《漫步高原》（《漂流手記》第四、第五卷）出版（香港天地圖書）。散文選集《當代中國文庫精讀——劉再復集》出版（明報出版社）。安徽文藝出版社出版散文詩選集《讀滄海》和重印《性格組合論》及《傳統與中國人》。

二〇〇〇年　和女兒劉劍梅（美國馬里蘭大學助理教授）合著的《共悟人間——父女兩地書》出版（天地圖書公司）。秋季到香港城市大學中國文化中心擔任客座教授。十一月，《論高行健狀態》第一版發行（明報出版社）。

二〇〇一年　上海文藝出版社出版《獨語天涯》和《共悟人間》。

二〇〇二年　《共悟人間》被香港康樂及文化事務署和香港電台評選爲香港「二〇〇二年十本好書」。楊春時教授編選的《書園思緒——劉再復學術思想精粹》出版（天地圖書公司）。七月《閱讀美國》（《漂流手記》第七卷）出版（明報出版社）。上海文藝出版社再版《共悟人間》和《獨語天涯》增訂本。十一月，台灣九歌出版社出版散文集《新世紀散文家·劉再復精選集》。

劉再復散文重要評論索引

評論文章	評論者	原載處	原載日期
他倚著長城與天安門思考	樓肇明	讀書	一九九四年
理性與激情的回歸——評劉再復的散文詩	王光明	文學評論家	一九八五年三月
奮鬥與進取的人生之歌	周廷婉	海南大學學報	一九八五年四月
愛與沉思的結晶	盧阿文	香港新晚報	一九八五年十二月十五日
他的世界和世界的他——劉再復散文詩人格意象初探	王　強	當代作家評論	一九八六年二月
從靜幽幽的閩南山莊走向世界	王永志	泉州文學	一九八六年

「心史」與散文詩的突破	梁　浩	當代作家評論	一九八八年三月
過程的美麗——讀劉再復散文詩《尋找的悲歌》	謝　冕	北京人民日報	一九八八年六月二十八日
《太陽・土地・人》序	聶紺弩	天津百花文藝出版社	一九八四年
劉再復散文詩集序	冰　心	安徽文藝出版社	一九九九年一月
荊棘滿途的思路——讀劉再復的《漂流手記》	拾　月	香港九十年代	一九九三年四月
劉再復的心靈自傳——《漂流手記》台灣版序	李歐梵	台北時代風雲出版社	一九九四年一月
伴我遠遊的早晨——評劉再復散文集《遠遊歲月》	黃子平	香港星島日報	一九九四年十一月二十八日
《西尋故鄉》序	余英時	香港天地圖書公司	一九九六年九月一日
《西尋故鄉》：世間極勇美的詩	絅　靜	香港讀書人月刊	一九九七年四月
尋找心靈的家園	韓山元	新加坡聯合早報	一九九七年四月
重鑄知識者文化人格	顏純鈎	香港亞洲週刊	一九九七年五月五日
劉再復的赤腳蘭花	董　橋	香港明報	一九九七年六月

《讀滄海》序	劉劍梅	安徽文藝出版社	一九九九年
思想者的生命雕塑	王　強	明報出版社	一九九九年九月
漂泊的思想者	陳瑞琳	台北中央日報	二〇〇〇年三月六日
既深且廣	戴　天	香港信報	二〇〇〇年
劉再復狀態	余　雲	新加坡聯合早報	二〇〇一年二月十七日
父女兩地書　人間真性情	程涵翔	香港亞洲週刊	二〇〇一年八月六日
站在旁觀者角度看透人生——金庸談《共悟人間》	金　庸	香港明報	二〇〇二年四月二十日
盤點二〇〇一年中國的十部散文——《獨語天涯》	喻大翔	廣州羊城晚報	二〇〇二年一月十日
劉再復父女兩地書	彥　火	廣州羊城晚報	二〇〇二年七月二十九日

新世紀散文家⑦

新世紀散文家：劉再復精選集

Selected essays of Liu Zai-fu

著　　者：劉 再 復
發 行 人：蔡 文 甫
執行編輯：黃 麗 玟
發 行 所：九歌出版社有限公司
臺北市八德路3段12巷57弄40號
電話／25776564・傳眞／25789205
郵政劃撥／0112295-1
網　　址：www.chiuko.com.tw
登 記 證：行政院新聞局局版臺業字第1738號
門 市 部：九歌文學書屋
臺北市長安東路二段173號（電話／27773915）
印 刷 所：崇寶彩藝印刷有限公司
法律顧問：龍雲翔律師・蕭雄淋律師・董安丹律師
初　　版：2002（民國91）年11月10日

定　價：290元

ISBN 957-560-987-5　　Printed in Taiwan

國家圖書館出版品預行編目資料

新世紀散文家：劉再復精選集／陳義芝主編.
--初版. --臺北市：九歌，2002〔民91〕
面；　公分. --（新世紀散文家；7）

ISBN 957-560-987-5（平裝）

855　　91015887